절대
최강의
사랑노래

ZETTAI, SAIKYOU NO KOI NO UTA

ⓒ Kou NAKAMURA 2006
All rights reserved.
First published in Japan in 2006 by SHOGAKUKAN INC.
Korean translation rights arranged with SHOGAKUKAN INC.
through Shinwon Agency Co.

Korean translation edition copyright ⓒ 2008 by MUNHAKDONGNE Publishing Corp.

이 도서의 국립중앙도서관 출판시도서목록(CIP)은
e-CIP홈페이지(http://www.nl.go.kr/cip.php)에서 이용하실 수 있습니다.
(CIP제어번호 : CIP2008000413)

절대 최강의 사랑노래

絶対 最強の 恋のうた

나카무라 코우 장편소설 — 현정수 옮김

문학동네

| 차례 |

첫번째 이야기

스크램블

대학시험에 붙고 나자, 이제야 봄이 왔구나 하는 생각이 들었다.

재수생활을 끝낸 우리는 축하파티에서 승리의 함성과도 같은 소리를 질렀다. 어떤 사람은 울부짖듯이 소리쳤고, 어떤 사람은 웃통을 벗어던졌고, 어떤 사람은 울기도 했다.

입시학원의 사무원은 마냥 함박웃음을 지으며, 잘됐네, 잘됐어, 하고 말을 걸어주었고, 박수와 치하의 말도 끊이지 않았다. 우리는 강사와 개인지도교사들과 악수를 하고, 특별히 친하지는 않았던 아는 얼굴들과 하이터치를 하고, 그 뒤에는 노래를 부르기도 했다.

어쩐지 참 호들갑스럽다 싶을 정도로, 마법에 걸린 것만 같은 밤이었다. 요컨대 우리는 굶주려 있었던 것이다. 스스로도 깨닫지 못했지만, 요 일 년간, 감동이나 감격이란 것에 굶주려 있었던 것이다.

이윽고 축하파티가 끝난 후에도 우리는 입시학원의 강의실에 남아 이야기를 계속했다. 사람 수는 서서히 줄어들었지만, 그래도 서른 명 정도는 계속 남아 있었다.

밤이 깊어지고 입시학원의 불도 꺼졌다. 우리는 경비원의 재촉을 받아 밖으로 나왔다.

못내 아쉬운 기분과 만족한 마음을 반반씩 가슴에 품고서, 우리는 뿔뿔이 흩어졌다. 어떤 사람은 자전거를 타고 집으로 향했고, 또 어떤 사람은 걸어서 역으로 향했다.

그런데 그때, 우리 사이를 타고 흐르는 메시지가 있었다.

―강으로 모여라. ―아직 남은 게 있는 녀석은 강변으로 모여라.

그 말은 쭈르르 흐르며, 바람처럼 재빠르게 퍼져나갔다.

강은 학원 뒤편으로 조금 걸어간 곳에 있었다. 지리 교과서에도 나올 만큼 큰 강으로, 이 지방도시의 한가운데를 천천히 흐르고 있다.

화창한 오후에 아무 할일이 없는 날은 거기서 시간을 보내는 때가 많았다. 너무 더운 날에는 옷을 벗어던지고 물에 들어가 멱을 감는 사람도 있었다. 또 입시학원 내에서 사랑을 키운 사람들(아주 드물었지만)은 때때로 그곳에서 사랑을 이야기했다.

—강으로 모여라. —아직 남은 게 있는 녀석은 강변으로 모여라.

아직 남은 게 있나? 하고 자문해보았지만 별것 없었다. 하지만 아주 아무것도 없는 건 아니지, 하는 생각도 들었다.

마음속을 지배하고 있던 것은, 변덕스런 기분과, 아까부터 이어지는 약간의 고양감이었다. 그래서, 전철 막차 시간이 조금밖에 남지 않았음에도 불구하고 나와 내 일행은 어슬렁어슬렁 강변으로 향했다. 한밤중의 집회에 참가하는 고양이처럼. 혹은 벌레등에 이끌린 모기처럼(어쩌면 원시시대의 축제도 이런 느낌으로 시작했는지 모른다).

우리는 다리를 건너, 제방으로 내려갔다.

강변을 유심히 바라보니, 아직 남은 게 있는 듯한 열몇 명이 모여 있었다. 어두워서 얼굴은 확인할 수 없지만 남자가 대부분이고 여자도 몇 섞여 있다. 잠시 시간이 지나자 처음에 말을 꺼낸 무리로 보이는 남자 몇 명이 합세하더니, 사람들에게 캔맥주나 주스를 나눠주었다.

모두 일제히 캔뚜껑을 따고, 건배를 했다.

우리는 잠깐 큰 목소리를 냈지만, 그 뒤에는 의외로 조용하게 시간을 보냈다. 그럭저럭 낯이 익은 사람들끼리 뭉쳐서 강이나 하늘을 바라보며 시답잖은 이야기를 나누었다. "외울 것!" 하고 누군가가 유명 강사의 흉내를 내자, 잠시였지만 전체적으로 웃음소리가 났다.

우리에게는 공통되는 추억이 거의 없었다. 같이 놀았다든가, 같이 웃었다든가, 같이 달렸다든가 하는 그런 일은 전무했고, 다만 일 년간 같은 장소에 있었던 것뿐이었다. 서로의 얼굴은 대충 알지만, 알고 보면 이름도 모르는 사이다. 이 녀석과는 친구가 될 수 있겠어, 하고 생각한 녀석도 있다. 하지만 생각만 그렇게 했을 뿐, 대화를 한 적은 없다.

하지만 지금의 기분은 다함께 스크럼을 짜도 괜찮을 정도로 일치하고 있었다. 우리는 정체된 재수생활에서 빠져나온 것에 마음속 깊이 안도하고 있는 것이다. 일 년간 공부해서 학력이 향상되었으니, 그 공부는 헛수고라 할 수 없다. 다만 어차피 대학입시란 단판승부이다. 그리고 그것을 통과할 수 있었다는 것에 다들 마음속 깊이 안도하고 있었던 것이다.

지금만 해도 집으로 돌아가는 것보다 이런 곳에 오는 것을 선택해버린 사람들이다. 아마도, 뭔가를 기대한 녀석들이겠지. 우리의 마음속에 아무것도 남기지 않았던 일 년. 하다못해 마지막 날인 이 밤만이라도 마음에 새겨두고 싶었는지도 모른다.

전철 막차는 이미 떠난 지 오래였다. 밤은 희미하게 밝았고, 대화가 끊어지자 강물 흐르는 소리만이 들려왔다.

"……우리, 집에 어떻게 가지?"

"걸어가면 되잖아."

집까지 걸어가려면 몇 시간이 걸릴지 모르겠지만, 뭐, 아침까지 어딘가에서 시간을 때우면 된다. 우리는 땅바닥에 주저앉은 채로 가만히 강의 수면을 바라보다가, 간간이 돌을 던지거나 했다. 별뜻 없는 대화에 질리면서도, 이 밤의 공기를 들이쉬는 것에는 질리지 않았다.

"언젠가 말이야……"

중심 자리쯤에 있던 남자가, 모두에게 들리도록 말했다.

"언젠가, 한번 해보고 싶던 일이 있어."

"뭔데?"

"……"

남자는 거기서 뜸을 들였다. 의식적인지 무의식적인지는 알 수 없다. 하지만 덕분에 모두의 시선은 그 남자에게 쏠리게 되었다. 남자는 모두를 둘러본 뒤에, 천천히 이야기를 시작했다.

"합격 축하 행사로, 헹가래를 해보고 싶었어."

"헹가래?"

입시학원에서 시가지 쪽으로 조금 걸어간 곳에 스크램블 교차로*가 있었다. 남자는 그곳에서 헹가래를 하고 싶다고 했다. 일명 헹가래 스크램블.

"……헹가래 스크램블?"

어느샌가 남자는 일어서서 설명을 하고 있었다. 스크램블 교차로에서 네 방향으로 나뉘자. 빨간 신호 중에는 대기하고, 파란 신호가 되었을 때 네 방향에서 일제히 중앙으로 달려간다. 교차로 한가운데에서 헹가래를 하고, 신호가 깜빡이면 재빨리 원래 위치로 돌아오자.

---

* 파란 불이 켜지면 어떤 방향으로도 건널 수 있게 되어 있는 교차로.

행가래 스크램블……

몇 사람은 금방 그 생각에 달려들었지만, 나머지는 반신반의하는 얼굴로 웃을 뿐이었다.

하지만 이 정도 인원수라면, 딱 그만큼의 밸런스가 가장 일이 진전되기 쉬운 법이다. 반신반의하는 사람이 하지만, 하지만, 하면서 질문을 반복하고, 재미있어하는 사람이 그 물음에 좋은 아이디어를 내놓는다. 그렇게 계획이 세워져나갔다.

새롭게 두세 명이, 좋았어, 해볼까, 하고 재미있어하는 쪽으로 돌아서자, 계획은 갑자기 현실감을 띠기 시작했다. 이제 남은 건 리더가 구체적인 순서를 설명하고, 신호를 보내는 것이다. 아까부터 설명하고 있던 남자가 리더고, 그것을 복창하듯이 확인하고 추가 지시를 내리는 사람이 부 리더. 즉 지금, 문과와 이과로 나뉘자, 라고 말하고 있는 내가 부리더가 되는 것이다.

멀리서 개가 길게 우는 소리 비슷한 것이 들려왔다. 우리는 그것을 신호 삼아 일어나서, 재빨리 빈 캔들을 치웠다.

다들 약간 흥분해 있었던 것 같다. 우리는 제방을 뛰어올라가서 웃음을 참으며 다리를 건넜다. 발소리를 죽이고, 목소리를 낮추며, 심야의 거리를 살금살금 나아갔다.

안전사항과 해산 타이밍은 몇 번이나 확인했다. 경찰차가 오면 말할 것도 없고, 그 밖에도 누군가에게 주의를 받거나 하면 잽싸게 사과하자. 조금 혼날 거 같다 싶으면 바로 죄송합니다, 하고 시원하게 사과하고, 그 자리에서 해산하자. 뒤도 돌아보지 말고, 뿔뿔이 헤어지자.

이날 이후로는 만날 일이 없을 녀석이 대부분이었다. 입시학원에도 두 번 다시 오지 않을 것이고, 강가에도, 스크램블 교차로에도, 자주 점심을 먹었던 오시마 반점에도 더이상 올 일이 없다. 참고서를 샀던 서점과도, 전철역 동쪽 출구의 게임센터와도 이것으로 작별이다. '나중에 봐'가 아니라, '안녕'이라고 말해야겠지. 미래의 약속은, 재회가 아니라 서로의 건투다. '안녕'만이 인생이다.

스크램블 교차로에 도착한 우리는, 소리를 지르면서 네 패로 나뉘었다.

청룡이 관장하는 방향에 진을 친 것은 문과계 동일본 팀. 주작 방향에는 문과계 서일본 팀이 있고, 백호는 이공계열 머리 좋은 팀. 현무 쪽에서 소리치고 있는 것은 이공계열 머리 나쁜 팀. 제각기 어깨를 풀거나 스트레칭을 하거나 하면서, 그때를 기다린다.

"다음 파란 불이 켜지면 시작한다!"

청룡에 있는 리더가 큰 소리로 말했다.

차량용 신호등이 전부 빨간 불로 바뀌고, 몇 초 늦게 보행자용 신호가 파란 불로 변했다. 주작 방향에서 한 남자가 척척척 앞으로 걸어나오는 것을 우리는 지켜본다. 남자는 횡단보도가 교차하는 중앙까지 나아가서, 오른손을 번쩍 들어올렸다.

"○○대학, 법학부에 합격했습니다!"

박수와 환성이 사방에서 와아 하고 끓어올랐고, 다음 순간 우리는 뛰어나갔다. 주작의 남자를 둘러싸고, 몸을 맞부딪친다.

이윽고 들어올려진 주작의 남자가 밤하늘을 향해 붕 떠올랐다. 으싸. 어잇차, 으싸. 어잇차!

파란 불이 깜빡이는 것을 신호로, 우리는 남자를 바닥에 내려놓고 사방으로 흩어졌다. 조금 늦게 남자가 머리를 누르면서 주작 쪽으로 돌아간다. 우리는 거친 숨을 내쉬면서 웃음을 터뜨렸다. 보행자용 신호는 빨간 불로 바뀌고, 우리는 헉헉 거친 숨을 몰아쉬면서 다음 파란 불을 기다렸다.

"△△대학, 의과부에 합격했습니다!"

이번에는 백호의 남자가 높이 공중을 날았다. 백호 남자는 몸이 홀쭉했기 때문에, 주작 남자보다 약 1.2배 높이 밤하늘을 날았다. 호리호리한 미래의 의사선생님을 바닥에 내려놓고, 우리는 다시 웃음을 터뜨리면서 사방으로 흩어졌다. 신호는 다시 빨간색, 파란색으로 바뀌고, 현무의 남자나, 용기 있는 청룡의 여자도 하늘을 날았다.

잠시 후, 현무의 이공계열 머리 나쁜 군단(우리)은 기마전의 말을 만들어서 중앙으로 돌진했다.

다른 세 패가 이것을 따라하자, 헹가래 스크램블은 조금 다른 양상을 띠기 시작했다. 파란 신호로 바뀌는 순간 말이 돌격하니까 이제는 'ㅇㅇ대학에 합격했습니다' 같은 말을 하는 사람은 없다. 사실 누가 어느 대학에 갔나 하는 것은 원래부터 전혀 상관없었던 것이다.

사방에서 뛰쳐나온 기마군단이 중앙에서 부딪치고, 무너지고, 스크램블한다. 그러고는 우연히 소용돌이의 중심에 있던 사람이 무작위로 헹가래를 당했다.

이 시간에 교차점에 돌입해오는 차는 없었다. 수없이 많은 파란 신호를 거쳐, 우리는 '최후의 보스' 느낌의 뚱뚱한 남자를 헹가래하고 있었다. 뚱뚱한 남자는 묵직하게 저공을 날았다. 느낌상으로는 우리의 손끝에서 오 센티 정도 위의 하늘을, 남자는 듬직하게 날고 있었다.

그때 한 대의 자동차가 교차로로 다가왔다. 자동차는 이 광경을 보았는지, 교차로에서 상당히 멀찍이 떨어진 곳에서 정지했다. 아마도 경계한 거겠지.

파란 신호가 깜빡였기 때문에 우리는 신중히 남자를 내려놓았다. 뚱뚱한 남자는 우리의 체력을 강력하게 빼앗고 있었다. 우리는 더이상 뛸 체력도 없어서, 헉헉 숨을 쉬면서 각자의 위치로 돌아갔다.

보행자 신호가 빨간 불로 변하고, 그 뒤에 차량용 신호가 파란 불이 되었다. 하얀 자동차는 사방에서 우리의 시선을 받으면서 서서히 교차로로 진입해 들어왔다. 그리고 횡단보도가 교차하는 헹가래 포지션을 지나 천천히 왼쪽으로 꺾었다. 떠나갈 때, 크게 클랙슨을 울렸다.

빠빵, 빠앙.

축하해준 걸까? 아니면 이 바보 자식들! 하고 화를 낸 것일까? 어느 쪽이 되었든 간에, 우리는 그 자동차에 박수로 화답했다. 교차로의 사방에서 자동차를 향한 박수가 한동안 이어졌다.

"다음번이 마지막이야."

박수가 잦아들자, 리더가 큰 소리로 말했다.

오옷! 하고 우리는 소리를 지르고, 각자 최후의 말을 만들었다.

나는 처음으로 말 위에 올라탔다. 오른쪽 아래의 남자는 아까 같이 왔던 일행 중 한 명이고, 앞에 버틴 커다란 덩치는 모르는 남자. 왼쪽 아래의 수수한 녀석은 어디 대학의 농학부에 붙었다는 듯했다.

신호가 파란 불로 바뀌자, 다시 사방에서 기마군단이 돌격했다. 말은 중앙에서 부딪쳤다가 무너지고, 마지막 소용돌이가 만들어졌다.

"돌아라, 돌아."

늦게 도착한 우리는 소용돌이의 바깥쪽으로 돌았다. 나는 오른팔로 대각선 앞을 가리키며, 친애하는 발밑의 말에게 지시를 내렸다.

교차로 한가운데에서는 리더의 헹가래가 시작되었다.

우리의 말은 헹가래하는 무리의 주위를 계속 빙글빙글 돌았다. 위닝 런이다.

이것이 우리의 마지막 합격 축하 행사였다. 한밤중의 스크램블 교차로에서, 우리는 소란스럽게 서로의 몸을 맞부딪치며, 이 거리에 '안녕'을 고했다.

그것은 이별의 말도 아니고, 재회할 때까지의 약속도 아닌, 축제로서의 '안녕'이었다.

◇

그리고 나는 대학생이 되었다.

학생 기숙사에 들어가 세면대와 칫솔을 정돈하는 것에서부터 새로운 생활이 시작되었다. 기숙사에는 프라이버시 이외의 모든 것이 갖추어져 있었다.

오리엔테이션을 마치고, 시간표를 짜고, 수업을 들었다. 1학년 때는 영어나 수학, 물리 등의 기초과목이 중심이었지만 전공과목도 조금 있었다.

수업은 상상했던 것보다 어려웠지만 즐겁다는 생각도 들었다.

작은 의문이나 호기심이 들어 질문하면, 교수나 강사는 해답에 이르기까지의 과정과 참고사항을 친절하게 해설해주었다. 그것은 입시학원에서 개인지도교사의 해법을 듣는 것과는 상당히 다른, 진짜 학문으로 이끄는 손길 같은 것이었다.

봄이 끝나고 여름이 되었다. 친구도 생겼고, 주말에는 아르바이트도 시작했다. 여름방학이 끝나자 2학기 수업이 시작되었다.

대학생활은 즐거웠고, 하루하루 충실한 나날이었다. 다만, 겨우 이 정도였나? 하는 생각도 들었다. 충분한 것일까, 아니면 충분하지 못한 것일까. 그 한 단계 너머는 언제나 눈앞에 있는 듯한 기분이 들었다.

10월 학교 축제 때, 그녀를 만났다.

나는 캠퍼스 한가운데에 설치되어 있는 모뉴먼트를 가만히 바라보고 있었다. 정글짐을 거대한 힘으로 비튼 것 같은 모양의 기하학적인 모뉴먼트였다. 강건하고 간단한 자재들이 일정한 룰과 알고리듬으로 하늘을 향해 조립되어 있다. 무한의 일부를 잘라낸 듯한 연속성이, 조용한 열과 광기를 느끼게 했다.

이윽고 내 대각선 뒤쪽에 그녀가 다가와서 섰다.

"이건 누가 만든 건가요?"

그녀는 그렇게 물었다. 모뉴먼트 앞에는 우리 두 사람밖에 없었다.

"건축과의 우에무라 팀인 모양이에요."

나는 자재 중 하나를 가리켰다. 그곳에는 '우에무라 팀(건축학부) 제작'이라고 새겨져 있었다. 모뉴먼트는 미술품이라기보다 구조물에 가까운 느낌이 들었다.

"아하~"

그리고 그녀는 한동안 말없이 모뉴먼트를 지켜보았다.

나는 먼저 그 자리를 떠났다.

처음 만났을 때, 우리가 나눈 것은 그런 이야기가 다였다. 하지만 몇 시간 뒤에 우리는 다시 작은 만남을 갖게 된다(생각건대 운명이니 하는 것과는 전혀 다르다. 우리는 같은 캠퍼스였기 때문에 그때까지도 서로 지나친 적은 있었을 것이다. 우리는 그저, 그전까지는 켜져 있지 않았던 '기억'이라는 스위치를 그날 동시에 누른 것이라고 생각한다).

그녀는 노점에서 야키소바*를 팔고 있었다.

---

* 삶은 국수에 야채와 고기 등을 넣고 볶은 면 요리.

나를 본 그녀가 "아" 하고 말했고, 그녀를 본 나는 "오" 하고 말했다. 거의 동시였다.

"저기……" 나는 말했다.

"야키소바 하나 주세요."

"예. 이백 엔입니다."

돈을 건네자 그녀는 딱 이백 엔 정도의 웃는 얼굴로, 고맙습니다, 하고 말했다.

"이건 누가 만든 건가요?"

이번에는 내가 물었다.

"제가요."

그녀는 웃으면서 대답했다.

"오호~"

나는 그녀의 야키소바를 바라보았다. 붉은 생강을 곁들인 평범한 야키소바였다. 푸른 김도 뿌려져 있다. 우리는 또, 그대로 헤어졌다.

그 뒤에 나는 사카모토라는 남자와 합류해 벤치에 앉았다. 사카모토는 그 무렵 같이 어울리게 된 같은 과 친구였다.

마음씨가 곱고 약간 통통한 그 남자는, 알게 모르게 요령이 좋지 않았다. 그가 우산을 가지고 집에서 나오면 마치 하늘에서 보고 있기라도 한 양 비가 내리지 않았다. 사실은 그가 날씨를 지배하고 있는 게 아닐까 싶을 정도였다. 사카모토는 언제나 검은 뿔테 안경을 끼고 있었다.

내가 야키소바를 먹기 시작하자, 사카모토는 "조금만 줘" 하고 말했다. 왠지 모르지만 전부 다 내가 먹고 싶었기 때문에 무시했지만, 그는 집요했다. 할 수 없이 두 입 정도 남겨주었다(고기도 한 점 남겨주었다). 사카모토는 특별한 감상을 말하지도 않고 그것을 먹었다.

축제가 끝나자 가을이 깊어졌다.

이따금 수업 사이사이에 그녀를 발견할 수 있었다.

사카모토와 함께 잔디밭에 앉아 있다보면, 저 멀리에서 누군가 이쪽을 향해 손을 들어올리곤 했다. 누군가 싶어 가만히 쳐다봐도 전혀 알 수 없었다. 안경을 쓰는 사카모토는 더더욱 알 수 없었다.

그 사람이 아주 가까이까지 다가와서야, 비로소 그녀라는 것을 알 수 있었다. 그녀는 아무래도 눈이 매우 좋은 모양이다.

"눈이 좋은가보네요."

"네." 대답하면서 그녀는 웃었다. "시력이 2.0이에요."

굉장해, 하고 우리는 소리쳤다.

그래서, 생일보다도 혈액형보다도 먼저, 내가 제일 먼저 기억한 그녀의 데이터는 시력이었다. 2.0이라면 내 시력의 거의 두 배고, 사카모토의 스무 배다.

그녀는 원래부터 눈이 좋았는데, 고등학교 때 궁도부 활동을 하며 먼 곳에 있는 과녁을 노려보는 걸 되풀이하다보니 더 좋아졌다고 했다.

"실제로는 더 좋을지도 모르겠네."

그녀가 떠나간 뒤에 사카모토는 말했다.

"2.0 이상은 측정할 수 없으니까."

계절은 겨울이 되었다.

이따금 나는 그녀와 마주쳤고, 그러면 조금 이야기를 나누었다.

지금은 궁도를 안 해요? 하고 물어본 적이 있다.

"네." 대답하면서 그녀는 웃었다. "과녁 말고, 다른 것을 꿰뚫기로 했어요."

"다른 거?"

"응." 그녀는 나를 보았다. 그리고 사카모토도 보았다.

"예를 들면 남자라든가."

오오, 우리는 소리쳤다. 후후후, 하고 그녀는 소리를 내지 않고 웃었다.

그럼 이만, 하고 떠나가는 그녀를 향해 나와 사카모토는 손을 흔들었다. 아주 귀여운 사람이라고 나는 속으로만 생각했다. 그녀의 뒷모습이 차츰 작아지고, 이윽고 건물 너머로 사라졌다.

으흠흠, 사카모토가 숨을 내쉬었다.

"꿰뚫려보고 싶은데."

사카모토는 말했다.

"넌 안 돼."

나는 딱 잘라 말했다.

"어째서?"

사카모토는 반항적인 눈으로 나를 보았다. 하지만 이 녀석은 아무것도 모르고 있다. 그녀는 이미, 우리를 살짝 꿰뚫었던 것이다. 꿰뚫린 것을 깨닫지 못한 녀석이 꿰뚫는 일은 영원히 있을 수 없다.

그 뒤로도 몇 번인가 더 그녀와 마주쳤다. 그녀는 항상, 아주 멀리서 우리를 알아보고 손을 흔들어주었다.

새해가 밝고, 2학기 시험이 끝나고, 긴 겨울방학이 왔다.

나는 내년 생활비를 저축할 생각으로 아르바이트를 시작했다. 신칸센 기차 객실 판매원이었다.

도쿄 역에서 신칸센을 타고, 왜건을 밀며, 도시락과 맥주를 판다. 아이스크림도 판다. 철도 시간표에 맞춰진 일이라 근무시간은 변칙적이었지만, 금전적으로는 꽤 짭짤했다.

어쩌다 신칸센이 고향집 근처를 지날 때는, 승강구의 창문으로 바깥을 바라보았다.

예전에 다니던 입시학원 건물도, 그때 이야기를 나누던 강도, 눈 깜짝할 사이에 지나쳐갔다. 창문 너머로 보이는 그것들은 의외로 가까이 있었지만, 금방 시속 이백칠십 킬로미터로 멀어져갔다.

도쿄에서 오사카까지 갔다가 당일에 되돌아오는 일도 있었다. 히로시마까지 갔다가 숙박소에서 하룻밤을 묵고 돌아오는 일도 있었다. 긴 겨울방학 동안, 나는 수없이 동서 구백 킬로미터를 왕복했다.

하지만 실제의 나는 차량 안을 왔다갔다하고 있을 뿐이었다. 1호차에서 16호차까지 왜건을 밀고, 도중에 상품을 보충하고, 다시 돌아온다. 몇 번 왕복하다보면 히로시마에 도착해 있다.

— 도시락이나 맥주, 커피 있습니다.

차량을 왕복하면서 나는 생각했다.
다음번에 그녀를 만나면, 무슨 말이라도 하자. 가능하면 이번에는, 내가 먼저 그녀를 발견하고 싶다.

— 아이스크림 있습니다.

혼슈를 왕복하면서 그 마음은 서서히 굳어졌다.
나는 그녀에게 무슨 말이라도 해야겠다고 생각했다. 뭔가 소중하고, 반짝거리는 말을. 솔직하고, 정중하고, 한 걸음 앞으로 내딛는 말을.
휴식시간에 승강구에서 창밖을 바라보면서, 나는 계속 그 말을 떠올리려 노력했다.

두번째 이야기

뛰어넘어라

하지만 결국, 대단한 말은 할 수 없었다.

신학기 첫날 선물로 사온 모미지 만주[*]를 들고 어슬렁거리던 나는 3호관 통로에서 그녀를 발견했다. 내 쪽에서 먼저 그녀를 발견한 것은 처음이었다. 나는 그녀 곁으로 달려가서, 이거 모미지 만주예요, 하고 말했다.

나는 몇 번이나 히로시마에서 묵었던 것과, 하지만 시간이 없어서 가본 곳은 편의점뿐이라는 얘기 등을 빠른 말투로 늘어놓았다. 모미지 만주를 받아든 그녀가 가만히 나의 눈을 바라보고 있다.

---

[*] 히로시마 지방의 명물인 단풍잎 모양 과자.

"그래서," 나는 말했다. 말한 뒤에 "그러니까," 하고 말을 고쳤다.

"네."

"다음번에 같이 영화 보러 가지 않겠어요?"

"……"

그녀는 고개를 6도 정도 기울이고, 뭔가를 생각하는 듯한 표정을 지었다. '그래서'와 '그러니까'의 의미 차이를 생각하고 있었는지도 모른다.

"괜찮겠네요. 가죠."

머리를 0도로 되돌린 그녀가 말했다. 우리는 연락처를 교환하고, 자리를 떴다.

강의실로 돌아와서 자리에 앉아 후우, 하고 숨을 내쉬었다. 강의실에서는 신학기 수업 설명 중이었고, 옆에서는 사카모토가 열심히 메모를 하고 있었다. 나는 자신의 행동을 돌이켜보며 혼자서 반성의 시간을 가졌다.

우선 모미지 만주에 대해서인데, 이것은 적절했던 것 같다. 나는 그녀가 모미지 만주를 책상 위에 올려놓고 수업을 받는 모습을 상상해보았다. ……역시 적절하다. 그리고 나서 '그러니까'에 대해서 생각해보았다. 나는 어째서 그런 접

속사를 붙인 것일까……

그것은 분명, 과거와 미래를 이어주는 '그러니까' 였다.

내가 지금까지 살아온 것이나, 생각한 것. 학교 축제에서 그녀를 만난 것이나, 내가 그녀에게 끌리기 시작한 것. 내가 말한 '그러니까' 는 그런 것들에 이어지는 '그러니까' 였다. 내가 어째서 그녀를 찾았는가, 어째서 신칸센 안에서 그녀를 생각했는가. 그런 '그러니까' 의 앞부분을 이제 그녀에게 전달하고 싶다는 생각을 했다. 그리고 '그러니까' 의 뒷부분을 같이 만들어나갔으면 좋겠다. 우선은 같이 영화를 보러 가서, 조금 더 친해졌으면 좋겠다.

그날 밤, 나는 그녀에게 전화를 걸었다.

조금 긴장했지만, 대화는 생각보다 활기차게 진행되었다.

좋아하는 영화나, 좋아하는 먹거리 이야기. 신칸센 안에서 요코즈나*를 봤던 일이나, 요코즈나에게 맥주를 팔았던 이야기. 요코즈나가 교토에서 내린 것이나, 요코즈나의 머릿기름에서 좋은 냄새가 났던 이야기. 요코즈나가 두 좌석을 사용했던 것이나, 몇몇이서 무리를 지어 이동했다는 이야

---

* 스모(일본 씨름)의 천하장사.

기. 다들 백 킬로그램은 넘을 테니까 합계 일 톤 정도는 되지 않을까 하는 이야기. 그리고 '닥터 옐로'라 불리는 노란색 신칸센을 봤던 이야기. 노란색 신칸센은 신칸센의 의사선생님인데, 밤중에만 다닌다는 이야기.

영화는 주말에 보러 가기로 했지만, 그전에도 만나자는 이야기가 나왔다. 내일 수업이 끝난 다음에 만나, 하고 그녀가 제안했다.

다음날 학교가 파한 뒤에 만나서, 카페에서 이야기를 했다. 그 뒤에 사가미하라까지 바래다주고, 전철이 끊길 때까지 공원 벤치에 앉아 이야기를 했다. 정신이 들고 보니 우리 둘 다 아주 배가 고팠다.

반성한 우리는 다음날 대학 구내식당에서 함께 저녁식사를 했다. 그리고 그녀를 바래다주고, 어제와 같은 벤치에서 또다시 끝없이 이야기를 했다.

그녀는 말수가 적은 이미지였는데, 실제로는 전혀 그렇지 않았다. 주저리주저리 잘 이야기하고, 아하하하 하고 큰 소리로 웃었다. 그런 말을 하자 그녀는 놀란 얼굴로 나를 보았다. 그리고 한동안 침묵했다.

"……좀 들떠 있는지도 모르겠어."

그녀는 그렇게 말했다.

하지만 아마도, 나는 그녀보다도 더 들떠 있었을 것이다. 다음날도, 그 다음날도, 우리는 만나서 이야기를 했다. 대학생이 되어서 생각한 것과, 고등학생 적에 상상했던 지금. 학과 이야기와, 아르바이트하는 곳에 대한 이야기. 친구와 부모님, 옛날에 길렀던 랠리라는 개 이야기. 중학생 때 생각하고 있던 것과, 초등학생 때 상상하고 있던 세계. 상상과는 달랐던 세계.

주말, 우리는 영화를 보았다. 영화가 끝나자 다시 카페에서 이야기를 계속했다. 도중에 나는 그녀에게 좋아한다고 말했다. 미리 준비해서 한 행동이 아니라, 이야기가 흘러가는 도중에 자연스럽게 말이 나왔다.

나도 좋아한다고, 그녀는 말했다. 확인하는 듯한 느낌의 고백이었다. 그날, 나와 그녀는 처음으로 손을 잡았다.

나는 아마, 눈에 보일 정도로 들떠 있었을 것이다.

나는 그녀와 함께 있을 때에도 들떠 있었지만, 함께 있지 않을 때에도 들떠 있었다. 혼잣말을 소리내어 중얼거리는, 나쁜 의미로 위험한 남자였다. 들떠 있는 나는 혼잣말로 그녀를 웃기고, 혼잣말로 그녀를 얼마나 좋아하는지 설명했다. 어떤 때는 사카모토에게 들켜버려서, 노래 부르는 척을 하며 필사적으로 얼버무렸다.

　계속 같이 있고 싶었고, 모든 시간과 감정을 공유하고 싶었다. 그녀도 같은 마음이란 걸 알게 된 것이 나를 더욱 가속시켰다.

　학교 공강 시간에는 항상 같이 있었다. 이야기를 하기 시작하면 수업에 들어가기 싫어져서 그대로 땡땡이쳤다. 아침에 만나면, 수업 들어가야 하는데, 하면서도 떨어질 수 없어서 1교시, 2교시, 3교시 내내 결국 같이 있다가 4교시만 나가기도 했다.

　아르바이트가 끝난 뒤에도 지금 만나자는 전화를 하고 만나고, 못 만날 때는 그럼 내일 만나자는 약속을 하고, 그러고 나서도 전화를 끊지 않았다. 통화는 심야를 넘겨 새벽까지 이어지고, 이럴 거라면 그냥 만나는 게 좋았을걸, 하고 말하며 전화를 끊었다.

　둘이서 있을 때 나는 머릿속으로 작은 스위치 같은 것을 상상했다. 그것을 누르면 우리는 학교도 친구도 아르바이트도 내팽개치고 그대로 어디론가 가버린다. 그리고 두 번 다시 돌아오지 않는, 그런 스위치. 눌러버리고 싶지만, 결코 눌러서는 안 되는 스위치.

어느 날의 일이었다.

그녀는 한 전공과목의 리포트를 제출하지 못했다. 그것은 그녀에게는 아주 중요한 과목의 과제였던 모양이었다.

그녀는 낙심했다. 이렇게나 자주 만나면 어딘가 문제가 생겨버린다. 나 역시 제출하지 못한 리포트가 몇 개 있었다.

"너무 신이 났었나봐."

그녀는 그렇게 말했다.

"그러네."

실제로 그 말대로였다. 내 쪽은 더 위태로운 상황이었다. 하지만 그다지 깊게 생각하지 않았다. 맹진(猛進)하는 남자란 원래 그런 법이다.

"그 이후로, 매일 같이 있었네."

"응."

"벌써 두 달이 되어가."

우리는 신학기 첫날부터 거의 매일 만나고 있었다. 우리는 아직, 어디에도 다다르지 않았다. 그렇지만 상당히 여러 가지 이야기를 했다. 서로를 알고, 알려고 했다.

"이렇게 들뜬 상태로 지낸 것은 오랜만이야."

그녀는 평소와 조금 다른 톤으로 말했다.

아마 그녀에게도 어떤 스위치가 보였고, 그것을 누르고 싶어 견딜 수 없어진 거겠지. 하지만 차마 누를 수는 없었기 때문에 일부러 그런 말을 꺼냈는지도 모른다.

◇

그리고 일주일 뒤의 이야기다.

캠퍼스의 잔디밭 한가운데쯤에 커다란 느티나무가 있는데, 우리는 그곳을 해시계라고 불렀다. 우리는 항상 점심시간이 되면 그곳에서 만났다.

잔디밭에 앉아서, 느티나무에 기대어, 구내매점에서 사온 샌드위치를 먹었다. 세상에서 단 하나뿐인 특별한 점심식사에 눈부신 햇살이 내리쪼이고 있다. 주머니 속에는 작은 행복이 있고, 미래는 살랑거리는 바람에 너울거리고 있다. 그렇게 생각하고 있었다.

"이제 이런 건 싫어."

샌드위치를 씹으면서 그녀가 나직이 말했다.

허어, 하고 나는 생각했다. 느티나무의 그늘이 바람에 흔들리고 있다. 그렇구나, 싫은 거구나. 나는 천천히 생각했다. 잔디밭 건너편에서는 여러 가지 청춘들이 제각기 작은 무리를 이루어 걷고 있다.

"이런 식으로 사귀는 건 말이야."

"응."

"나한테는 이제 힘들지도 몰라."

허어, 하고 나는 다시 생각했다. 그렇구나, 힘든 거구나. 샌드위치를 삼키면서 생각했다. 짚이는 부분은 아무것도 없었다.

우리는 잠시 입을 다물었다. 잔디밭 건너편의 학생센터 옆으로 농구대가 보였다.

"오노를, 아주 좋아해."

그녀는 천천히 이야기했다. 한마디 한마디 확인하듯이, 그녀는 아주 신중하게 말했다. 아마 정말로 신중해졌을 거라 생각한다.

"좋아한다는 거대한 감정을 품고서 계속 사귀어나간다는 건, 나에게는 아주 힘들어. ……불안정하고 불확실하고, 너무 기쁜데도 쓸쓸해지기도 하고, 그런 것을 품고서 매일 학교에 가거나, 리포트를 쓰거나, 아르바이트를 하거나, 같은 시간에 자거나 하는 건, 나한테는 무리야. ……이젠 못 하겠어."

그녀는 똑바로 농구대를 바라보고 있었다.

"……그 거대한 것에 푹 잠겨 있어도 괜찮을 때도 있을 거야. 하지만 그렇지 않을 때에도, 다음에는 언제 만날까라든가, 어디에 갈까라든가, 언제 전화가 걸려올까라든가, 내가 먼저 걸까라든가, 지금 있을까라든가, 날 싫어하게 되면 어떡하지라든가…… 그런 것만 생각하고 있으면, 더이상 정상적으로 생활할 수 없다고 생각해."

농구대 주변에서는 세 명의 남자가 슛을 반복하고 있었다. 세상에는 여러 가지 청춘이 있다.

"요즘에는 같이 있어도 그런 생각만 해."

알 것 같기도 했고, 전혀 모를 것 같기도 했다. 나 역시 지금까지 아마도 그런 것에 푹 빠져 있었던 것 같다. 하지만 그녀는, 그것이 불안정하며 불확실한 것이라서 이젠 못 하겠다고 말하고 있다.

"그래서, 어떻게 하고 싶은데?"

"모르겠어."

잔디밭 건너편의 학생이 깨끗한 폼으로 슛을 쏘았다. 던진 뒤에 덜렁거리는 동작으로 공을 주우러 간다.

그녀는 "모르겠어"라고 말했지만, 이미 어떤 결심을 한 것 같기도 했다. 그냥 나와 같이 다시 한번 그것을 생각해보고 싶다고 말하는 것처럼 들렸다.

나는 페트병에 든 차를 한 모금 마셨다. 그리고, 착각하면 안 돼, 하고 생각했다. 이제부터 내가 생각할 것이나 말할 것에, 착각이 있어서는 안 된다고 생각했다.

"말하자면," 나는 가만히 입을 열었다.

"우리는 서로 좋아하고 있어. 하지만 이대로 계속 사귀는 것은, 아주 어려워."

"응."

그녀는 평탄한 목소리로 맞장구를 쳤다.

"그러면……"

나는 생각했다. 잔디밭 건너편의 학생이 큰 소리로 웃는 것이 들렸다.

"……전부 정해버리는 건 어떨까?"

"정한다니, 뭘?"

그녀는 내 쪽을 보았다.

"전화하는 요일과 시간. 그리고 만나는 날."

"……"

그런 얘기가 아니야, 하는 표정으로 그녀는 나를 보았지만, 나는 상관하지 않고 계속했다. 가능한 한 침착한 목소리로. 가능한 한 명확하게.

"전화는 하루 걸러 하는 걸로 정하면 돼. 거는 시간도 끊는 시간도 딱 부러지게 정하고, 번갈아가며 거는 방법은 어때? 만나는 것은 당분간, 주말에만 보는 걸로 하면 돼."

"그렇게 하면 또 더 만나고 싶어질 거야."

"그런 생각이 들면, 일주일에 두 번 만나는 걸로 바꾸면 돼."

그녀의 얼굴은 내 쪽을 보고 있었다. 하지만 어딘가 먼 곳을 바라보는 듯한 눈매였다.

"영 아니라면 헤어지면 되고, 또 질리면 헤어지면 돼. 하지만 서로 좋아하고 있다면, 방식을 바꾸면 돼."

먼 곳을 바라보는 것 같던 그녀의 눈이, 조금씩 돌아왔다. ……팔 미터, 칠 미터, 육 미터. 느티나무가 바람에 흔들리며 쇠이쇠이 소리를 냈다. 나는 웃는 얼굴을 만들고 그녀를 기다렸다.

이윽고 그녀의 시선이 나를 포착했다. "그렇게 해보자."

나는 말했다. ……삼 초, 사 초, 오 초, 우리는 마주 보았다.

그럴 시기인지도 모른다. 나는 그렇게 생각했다. 그녀와 헤어질 수는 없지만, 확실히 리포트 같은 것은 꼬박꼬박 내야 한다.

알았어, 하고 그녀는 작게 끄덕였다. 그렇게 해보자.

◇

하루가 지나고, 이틀이 지나고, 일주일이 지났다.

이 주가 지나고, 삼 주가 지나고, 한 달이 지났다.

그 뒤로 우리는 절도 있게 천천히 걷고 있다.

앞으로 걷고 있는지, 아니면 빙글빙글 원을 그리고 있는 것뿐인지, 혹은 걷고 있는 것처럼 보이는 것뿐인지—

그 어느 것도 아닐 수도 있고, 전부 다일 수도 있었다. 어느 쪽이든 간에, 사귀기 시작한 지 고작 석 달이다. 우리는 아직, 갓 걷기 시작했을 뿐이다.

우리는 각자 학교에 다니고, 아르바이트를 했다. 집에서는 학교 과제를 하거나, 집안일을 돕거나, 서로에 대해 생각했다. 정해둔 시간이 되면, 교대로 전화를 걸었다.

전화는 일주일에 세 번. 이번주는 월요일과 금요일에 내가 걸고, 수요일에 그녀가 나에게 건다. 지난주는 그 반대였고, 그 전주는 그것의 반대였다. 요컨대 한 번씩 번갈아가며 거는 것이다.

주말, 우리는 일주일에 한 번 있는 데이트를 했다. 금요일에 전화를 건 쪽이 행선지나 약속장소를 제안하고, 대개는 상대가 동의했다. 이번주는 영화를 보러 가고, 지난주는 아사쿠사의 유원지에 갔다.

그런 교제에 대해 그녀는 처음에는 "꽤 좋은걸" 하고 감상을 말했다. 한동안 시간이 흐르자 그것은 "매우 편안해"라든가 "아주 좋아"로 바뀌었다.

느긋하고 담담한 남녀교제였다. 일주일에 세 번의 전화와 한 번의 데이트 이외에 우리는 특별히 아무 일도 하지 않았다. 학교에서 만나도 미소를 지으며 인사를 하는 정도였다. 전력질주를 끝낸 우리는 느긋하게 걸으면서, 나란히 트랙을 돌고 있다.

나로서는 상당히 부족하다는 느낌이 들었지만, 그녀에게는 조금 '부족한 정도가 딱 좋다'는 모양이었다.

46

◇

　장마철이었다.

　주말, 우리는 수족관에서 데이트를 하고 있었다. 그 수족
관은 높은 빌딩의 꼭대기층에 있었다. 바다거북이 헤엄치는
거대한 수조 앞에서 우리는 발을 멈췄다.

　"지금 이대로 계속 사귀는 것에는, 아무런 문제도 없지만
말이지……"

　거대한 수조 안에서는 여러 종류의 열대어가 자태를 뽐내
고 있었다. 나폴레옹피시가 인공 파도에 흔들리고, 바닥에
서는 납작한 물고기가 뭔가를 가만히 기다리고 있다. 작은
물고기의 무리가 일제히 진행방향을 바꾸고, 바위에는 기묘
한 촉수를 가진 생물이 붙어 있다.

　"하지만 그다지 발전성이 없는 것 같아. 여러 가지로. 연
인 사이로서, 젊은 남녀로서."

　"그러네."

　그녀는 말했다. 옆얼굴이 조금 웃는 것처럼 보였다.

　우리는 개복치 수조 앞으로 이동했다. 개복치는 둥실둥실
물속을 떠다닌다.

"전부, 정해버리면 돼."

수조에서 눈을 떼지 않고, 그녀는 말했다. 그것은 어딘가에서 들은 적이 있는 대사였다.

"전부라니, 뭘?"

"우리의 가까운 미래. 연인 사이다운 일 같은 거."

떠다니는 개복치를 따라, 우리는 조금씩 오른쪽으로 이동해갔다.

"일 년 뒤에 하자."

그녀는 개복치를 응시하면서 말했다.

―일 년 뒤에 하자.

나의 여자친구는 가끔씩 굉장한 소리를 한다. 장난스러운 얼굴을 한 개복치가 우리를 아무런 감개 없이 바라보고 있다.

"일 년이라……" 나는 말했다. "하지만 그건, 너무 나중이 아닐까?"

"그러면 반년 뒤에."

―그러면 반년 뒤에.

나는 재빨리 손가락을 꼽았다. 6월에 반년을 더하면 12월이다. 그렇구나, 하고 나는 생각했다. 우리에게는 그 정도가 딱 좋을지도 모르겠다.

"알았어. 그러면 12월에."

"응."

개복치의 얼굴 앞에는 하얀 해파리가 있었다. 개복치는 무표정하게 해파리에게 다가가더니, 갑자기 그것을 꿀꺽하고 통째로 삼켰다.

우와아~ 소리를 내며 우리는 수조에 달라붙었다. 개복치는 느긋하게 물속을 떠다닌다.

잡아먹는 쪽과 잡아먹히는 쪽의 공방(攻防)은 전부 떠다니는 동안에 일어났다. 공방이라기보다도, 개복치가 해파리를 회수했다, 라는 느낌이었다.

우리는 한동안 개복치를 바라보다가, 그것에 질리자 복어가 있는 수조 앞으로 이동했다.

"……어쩐지 웃고 있는 것 같아."

정면에서 보자 복어의 입가는 확실히 웃고 있는 것처럼 보였다.

복어는 다른 물고기들과 달리 물속에서 정지하는 게 가능한 듯했다. 가슴지느러미가 초고속으로 움직이면서 몸의 밸런스를 유지하고 있다. 스포츠로 치면 싱크로나이즈드스위밍. 새로 치면 허밍버드.

"저기 말야," 그녀는 나를 보았다. "역시 쟤, 웃고 있어."

복어는 가슴지느러미를 초고속으로 움직이면서 이쪽을 보고 있었다. 뭐가 기쁜 것인지, 입가가 빙그레 웃고 있다.

"확실히 웃고 있네."

우리는, 그 작은 복어가 아주 마음에 들었다.

둘이서 나란히 언제까지고 바라보았다.

◇

"사귀고 있다고?"

사카모토는 그녀와 나 사이에 대해 알고는 경악하는 얼굴이 되었다.

"……너 굉장하구나."

딴 세상 사람을 보는 듯한 얼굴로, 사카모토는 신음했다.

그녀와 주말에만 만나기로 한 후로 사카모토와 만나는 시간이 늘었다. 2학년이 되자 학과 전공 수업이 늘었기 때문에, 같이 있는 시간은 싫어도 늘게 되었다.

그런 사카모토에게도 최근 좋아하는 여자가 생긴 모양이다. 그 탓인지 모르겠지만, 그의 안경은 요번 봄에 검은색에서 노란색으로 모델 체인지를 했다. 이성에 눈을 뜬 것이다.

사카모토가 좋아하는 상대는 같은 과의 이이즈카 미치코였다. 이이즈카는 무슨 일이 있으면 아주 부끄러운 듯이 웃었다. 웃겨서 참을 수 없지만 웃는 건 너무 부끄럽다, 라는 식의 웃음이었다. 그녀를 좋아한다는 사카모토의 마음은 나도 잘 알 수 있었다.

"참 멋지단 말이야, 이이즈카……"

술을 마시면 사카모토는 꼭 이이즈카 이야기를 꺼냈다. 천국의 과자를 먹는 것처럼 감미로운 표정을 짓고서, 그는 헤벌쭉한 얼굴로 이야기했다. 이이즈카가 얼마나 미인인지, 이이즈카의 목소리가 얼마나 근사한지, 이이즈카의 몸매가 얼마나 뇌쇄적인지, 이이즈카의 웃는 얼굴이 얼마나 따스한지, 이이즈카, 이이즈카, 이이즈카, 이이즈카. 사카모토의 찬미는 끝없이 계속되었다.

하지만 사실 이이즈카는 그렇게까지 미인은 아니었다. 몸매로 보나 목소리로 보나 웃는 얼굴로 보나, 오히려 특별하다는 말이 가장 어울리지 않는 사람이었다. 간단히 말하자면 보통 사람이었다.

그렇게 말하자, 사카모토는 눈을 휘둥그레 떴다.

"무, 무슨 소리야?"

"아니, 확실히 이이즈카는 괜찮은 애지만, 그렇게 특별한 사람은 아니잖아."

사카모토는 잠시 나를 바라보더니, 믿을 수 없다는 듯한 표정을 지었다.

"그럴 리가 없잖아."

아랫배에 힘을 꾹 준 목소리로 사카모토는 말했다. 그리고 두세 번 눈을 깜박인 뒤에, 안경의 브리지에 손을 가져갔다. 시선을 주고받는 우리는 서로에게 같은 감정을 갖고 있었다. 믿을 수 없어, 라는.

그렇게 좋다면 고백해보시지, 하고 말한 적도 있다.

"알고 있어……"

침묵하며 일부러 길게 뜸을 들이더니, 사카모토는 말을 이었다.

"충분히 알고는 있지만, 그건 내가 조금 더, 이이즈카에게 어울리는 남자가 되고 난 후에 하려고 해."

이이, 하고 나는 생각했다.

만약 이이즈카가 사카모토가 말하는 정도로 멋진 여성이라면, 그에 어울리는 사카모토란 얼마나 멋지고 얼마나 댄디

한 남자일까. 너는 대체, 몇 세기에 걸쳐서 그런 인물이 되려는 거냐……

사카모토는 그런 종류의 것을, 특별한 문 너머에서 행해지는 특별한 춤이라고 생각하는 구석이 있었다. 아마도 사카모토는 있지도 않은 문 너머를 상상하고 있는 것이다. 그곳에서는 사카모토와 이이즈카가 화려하게 춤을 추고 있다.

하지만 그곳에서 춤추고 있는 것은 우리와 같은 과의 이이즈카가 아니고, 하물며 사카모토도 아니다. 사카모토가 그렇게 가벼운 스텝을 밟을 수 있을 리 없고, 이이즈카도 분명히 그런 춤은 좋아하지 않는다.

사카모토는 우수한 남자였다. 과제를 하다가 막히는 데가 생겨 물어보면 논리정연하게 마무리된 리포트를 보여주는, 머리가 좋을 뿐만 아니라 착하기까지 한 녀석이었다.

이 정도 수준의 리포트를 쓸 수 있는 남자가 어째서 연애에서는 객관성을 갖추지 못하는 걸까? 그의 연애 리포트는 빵점이거나, 잘 봐주어 점수를 매겨도 삼 점 정도였다. 이것이 소위 '눈에 콩깍지가 씌었다'라는 상황일까, 하고 생각했다.

◇

두꺼운 구름이 하늘을 덮고 있었다. 그날, 나와 사카모토는 해시계 아래 있었다.

나는 야키소바 빵을 먹고 커피를 마셨다. 고개를 들자 눈이 부실 정도로 햇살이 강했다. 이제 여름이라고 해도 좋을 정도였다. 장마철 하늘의 건너편에서 햇살은 점점 강해졌던 것이다.

게 모양 빵을 다 먹은 사카모토가 베이비스타 스낵 봉지를 뜯었다. 나는 오른손을 뻗어서 "좀 줘" 하고 말했다.

사카모토는 신중하게 봉지를 기울여서, 한 입 분량의 베이비스타를 쌓아주었다. 예전에 한 번 봉지째로 건네받은 내가 그대로 전부 입 속에 털어넣은 적이 있어서, 그후로 녀석은 신중해진 것이다.

오독, 오독, 오독, 하고 우리는 소리를 냈다.

그녀와 있을 때에는 세상에서 단 하나뿐인 특별한 장소였던 해시계도, 사카모토와 있으면 단순히 밥을 먹기 위한 장소일 뿐이란 느낌이 들었다.

"저기 말이야," 사카모토가 말했다.

잠시 사이를 두고, 그는 다시 입을 열었다.

"만약, 너만 괜찮다면 말인데……"

"뭔 소리야?"

"오늘, 수업이 끝난 뒤에 어디 좀 같이 가줬으면 해서."

무엇 때문인지 말을 꺼내기 어려워하며 사카모토는 말했다.

"시간이야 있는데, 어디를?"

"키도 씨네 집."

키도 씨…… 사카모토는 화요일이 되면 키도 씨라는 사람의 집에 꼬박꼬박 찾아가는 듯했다. 특별히 무슨 일을 하는 것이 아니라, 둘이서 전골을 만들어 먹으며 술을 마시는 모양이었다.

"키도 씨라면, 소금밥을 먹는 그 사람 말이지?"

"그래. 입은 험하지만, 꽤 좋은 사람이야."

키도 씨는 사카모토의 고향(야마가타 현) 선배라고 했다. 빠찡꼬만 들락날락하고 학교에는 전혀 오지 않기 때문에, 나이는 두 살 위인데도 우리와 동급생이라고 한다. 사카모토는 어떻게든 키도 씨가 학점을 따게 만들어주려고 시험 전에 자료를 가지고 가기도 하는 듯했다. 그런 키도 씨에 대한 에피

소드 중에 '소금을 뿌린 밥을 반찬 삼아 밥을 먹는다'라는 것
이 있었다.

"괜찮아. 갈게."

소금을 뿌린 밥을 반찬 삼아 밥을 먹는 사람이라면, 만나
봐도 괜찮겠다는 생각이 들었다.

"정말?" 사카모토는 기뻐하는 표정을 지었다. "베이비스
타 먹을래?"

사카모토는 다시 나의 오른손에 주황색 산을 만들어주었다.

오독, 오독, 오독, 하고 우리는 소리를 냈다.

7월 중순이었다. 나와 그녀가 천천히 걷기 시작한 지 사십
일이 지났다.

잔디밭에 베이비스타가 떨어진 것을, 나는 바라보았다.
베이비스타는 잔디밭에 잘 어울렸다. 그것은 뜻밖일 정도로
아름다운, 초록과 주황의 콘트라스트였다.

"태도가 건방지기는 하지만, 근본은 좋은 사람이야."

키도 씨의 자취방으로 향하면서 사카모토는 몇 번이나 강

조했다.

　우리는 슈퍼마켓에 들러서 전골 재료를 샀다. 장을 자주 보는지, 사카모토는 망설임 없이 바구니에 식료품을 채워나갔다. 배추, 파, 쑥갓, 팽나무버섯, 표고버섯, 두부, 실곤약, 닭고기, 어육소시지…… 어육소시지?

　마지막에 사카모토는 큼직한 은색 소쿠리를 샀다.

　슈퍼마켓 봉지를 손에 들고 우리는 키도 씨의 집으로 향했다. 상가를 지나고, 육교를 건넜다. 트럭이 들락날락하는 운송회사를 지나서 좁은 골목을 돌았다.

　저기야, 하고 사카모토가 손가락으로 가리키는 저 멀리에 낡은 공장 비슷한 것이 있었다. 그 건너편에 커다란 나무가 한 그루 있고, 가지 사이로 황토색 벽이 보였다. 그곳이 키도 씨가 사는 연립주택인 모양이다.

　"저기 말이지," 사카모토는 말했다. "굉장히 실례되는 짓을 잘 하는 사람이야."

　"알았다니깐. 하지만 근본은 좋은 사람이라며?"

　"아니…… 사실은 그것도 잘 모르겠어."

　잎사귀가 무성한 나무가 연립주택 입구를 막고 있었다. 나무기둥에는 '노게 연립'이라는 팻말이 걸려 있다.

"하지만 결코, 악의가 있는 건 아니야."

우리는 차례대로 나무 옆을 지나쳤다. 바깥으로 훤히 드러난 가스 미터기가 각 호수를 표시하듯이 늘어서 있다. 햇빛에 바랜 적갈색 문이 다섯 개. 그중 가장 안쪽을 향해 우리는 걸어갔다.

"그러니까, 만약에 무슨 일이 있더라도 그냥 넘어가줘."

진지한 얼굴로 사카모토가 말했다. 나는 알았다며 고개를 끄덕였다. 부탁이야, 하고 말하며 사카모토는 문을 다시 바라보았다. 표찰에는 낡은 스티커 흔적이 있고, 연필로 작게 ×표가 그려져 있었다.

사카모토는 문을 탕탕 두드리고 "키도 씨" 하고 말했다. "키도 씨~" 다시 한번 큰 소리로 부르며 문을 두드렸다.

"……없나."

사카모토는 녹슨 우체통을 거리낌 없이 열어젖히더니 안쪽으로 손을 쑤셔넣었다. 부스럭부스럭 오래된 전단지 아래를 더듬어서 열쇠를 찾아내어 문손잡이에 끼워넣었다.

칠칵, 하는 둔탁한 소리가 나고 문이 열렸다.

"들어와."

사카모토의 권유를 받아 나는 현관에 들어섰다.

전부 해서 두세 평 정도일까. 네 평까지는 안 돼 보이는 어두컴컴한 방이다. 현관 오른편에 간단한 구조의 싱크대가 있다. 왼쪽에는 나무로 된 문이 있고, 안은 화장실인 모양이다. 벽 쪽에는 개지 않은 이불이 그대로 깔려 있다. 바닥에 놓인 텔레비전 옆에는 술병이 열 개 정도 늘어서 있다.

사카모토가 먼저 신발을 벗고 방에 들어갔다. 방 한가운데에 작은 앉은뱅이 탁자가 있고, 그 위에는 커다란 재떨이와 마른오징어 같은 것을 먹고 남긴 쟁반. 바닥에는 대여섯 권의 잡지가 흩어져 있고, 이불 옆에는 옷가지와 수건이 잔뜩 쌓여 있었다.

사카모토는 사온 재료를 싱크대에 내려놓고 말없이 잡지들을 정리하기 시작했다. 나는 천천히 신발을 벗었다.

사카모토는 이불을 삼단으로 접어서 벽 가까이 밀어놓고, 흩어져 있는 옷가지들을 개기 시작했다.

"뭐, 편히 쉬고 있어."

"편히 어떻게 쉬냐."

사카모토는 조금 웃으면서, 계속 키도 씨의 옷을 갰다. 나는 선 채로 사카모토를 바라보았다. 옷을 다 갠 사카모토는 이번에는 앉은뱅이 탁자 위의 쓰레기를 치우기 시작했다.

나는 다시 한번 방을 둘러보았다. 싱크대 위에 있는 작은 창문이 이 방에서 유일하게 빛이 들어오는 곳이었다. 그곳에서 안쪽으로 갈수록 방은 점점 어두워지다가, 마지막에는 커다란 창문에 다다른다. 창문 부근이 제일 어둡다.

"이 창문, 커튼이 없네."

"필요 없거든."

나는 창문에 다가가서 밖을 내다보았다. 눈앞에 다른 건물의 담벼락이 있어서 바깥의 경치가 완전히 차단되어 있다. 빛과 외부의 시선을 막기 위해 존재하는 커튼은, 확실히 이 창문에는 필요 없다.

쓰레기를 버리고 온 사카모토가 문을 활짝 열었다.

"창문 좀 열어줄래?"

무거운 창문을 당기자 휘잉, 하고 바람이 들어왔다.

창문 아래를 보니 새것으로 보이는 골판지 박스 세 개가 늘어서 있었다. 위쪽을 보자 저 멀리 가느다란 하늘이 보였다.

사카모토는 널찍한 빗자루를 쥐고 방을 쓸기 시작했다.

"야." 나는 말했다 "너, 왜 그런 짓을 하는 거야?"

"어쩔 수 없잖아." 사카모토는 말했다. "뭐, 편히 쉬고 있어."

"편히 어떻게 쉬냐."

사카모토는 웃으면서 방에서 현관 쪽을 향해 쓱쓱 먼지를 쓸어냈다.

대체 뭐 하는 거지? 왜 이 녀석은 저런 '어머니' 같은 짓을 하고 있는 걸까. 게다가 빗자루 청소라니, 저런 걸 보는 것도 참 오랜만이다.

청소를 마친 사카모토가 이번에는 싱크대 앞에 섰다. 커다란 알루미늄 전골냄비에 물을 채우고 다시마 조각을 넣는다. 그리고 도마를 꺼내 배추를 썰기 시작했다.

"거들어줄까?"

"아니, 좁으니까 됐어."

싱크대에는 환기팬이 없고 대신 작은 창문이 열려 있었다. 가스레인지는 한 구짜리라서 정말 거들어줄 것도 없다.

싱크대에 선 사카모토의 뒷모습을 나는 계속 바라보았다.

"이게 필요했었어."

콧노래를 부르며 사카모토는 말했다. 아까 슈퍼마켓에서 사온 은색 소쿠리에 다 썬 배추를 던져넣는다. 가만히 보니, 부엌칼도 도마도 새것이었다.

"혹시 부엌칼 같은 것도 다 네가 산 거야?"

"응."

아무것도 아니라는 듯이 사카모토는 말했다.

통, 통, 통, 통, 경쾌한 소리를 내며 사카모토는 재료를 썬다. 파, 쑥갓, 팽나무버섯, 표고버섯. 다듬어진 재료가 차례차례 소쿠리에 쌓여간다. 마지막으로 사카모토는 실곤약을 적당량 집어 빙글, 하고 능숙하게 묶었다. 대체 뭐 하는 거지?

전골을 만들 준비가 끝나자 재료 씻기가 시작되었다. 나는 할일이 없었다. 할 수 없이 앉은뱅이 탁자 앞에 앉아서 사카모토를 기다렸다. 앉은뱅이 탁자에는 거대한 재떨이가 놓여 있었다.

"금방 안 오려나, 키도 씨."

재료를 다 씻은 사카모토가 방의 불을 켰다. 팟, 팟, 하고 형광등이 깜빡이고 징~ 하는 이상한 소리가 났다. 방은 조금이나마 밝아졌다.

"키도 씨가 돌아올 때까지 조금 기다려줘."

사카모토가 앉은뱅이 탁자 맞은편에 앉았다.

"대체 뭐가 뭔지……"

나는 사카모토를 바라보았다. 녀석은 어째서인지 기쁜 듯한 얼굴로 얌전히 앉아 있었다.

할일도 없어서, 텔레비전 전원을 켜려고 했다.

"미안." 사카모토가 말했다. "그거 안 나와."

나오지 않는 텔레비전…… 그것은 물이 차 있지 않은 수영장이나 펴지지 않는 우산과 같은 뜻이며, 빛이 들어오지 않는 창문이나 이루어지지 않는 꿈의 동료였다. 그 사실에 대해 한마디 해주려다가 그만두었다. 딴죽을 걸 거라면 그것 말고도 얼마든지 건더기가 있었다.

우리는 잠시 침묵했다. 아무것도 할일이 없었다. 점심때 먹은 야키소바 빵 이후로 입에 댄 것이 없어서 배가 출출했다.

"그냥 전골 만들어 먹자." 나는 입을 열었다.

"안 돼."

단호한 어조로 사카모토가 말했다. 의연한 태도였다.

"배고프다고." 나는 말했다. "의리나 인정 같은 것도 중요하지만, 지금 이곳에 닥친 식욕이 최우선사항이라고 생각해."

"안 돼, 절대로."

사카모토의 안경 속 가느다란 눈이, 금지약물을 규제하듯이 번뜩 빛났다.

뭐야, 그 눈은? 조금 더 기다리는 거야 별 상관없지만, 이 녀석의 굳은 머리는 정말 개선이 필요하다.

"너 바보구나. 지금부터 전골을 만들면, 완성되었을 즈음에 딱 맞춰 기다리는 사람이 오는 법이라고. 모든 일들은 그런 식으로 흘러가기 마련이야. 배를 쫄쫄 굶어가며 기다리면 올 사람도 안 오게 돼."

"그럴 리가 없잖아. 말도 안 되는 소리 하지 마."

사카모토가 곁눈질로 나를 노려보았다.

"너, 의외로 키도 씨를 잘 모르는구나."

나는 나무라듯 말했다.

"이런 방에 살 정도라면, 그런 야생적인 감각이 아주 날카로운 사람이라고. 분명 타이밍 딱 좋게 돌아올 거야."

사카모토는 앗! 하는 표정을 지었다. 뭔가 떠오른 에피소드가 있는 모양이었다.

"이대로 기다리는 것은 사실 키도 씨를 바보로 만드는 짓이야. 키도 씨는 그렇게 인색한 사람은 아니잖아?"

사카모토는 계속 뭔가를 생각했다.

"이런 방에 사는 사람은 먹는 것 관련으로는 운이 강할 거야. 믿어보자고."

사카모토는 안경의 브리지에 손을 가져가더니, 조용히

"알았어" 하고 말했다.

그러나 결국, 전골이 완성될 때까지도 키도 씨는 돌아오지 않았다.

가스레인지의 불을 끈 사카모토가 그것 보라니까, 하는 얼굴을 했다.

"일단 옮기자." 나는 밝은 목소리로 말했다.

앉은뱅이 탁자 위에 접시와 젓가락과 컵을 놓고, 한가운데에 낡은 잡지를 놓았다. 신중하게 옮긴 전골냄비를 그 위에 올려놓았다.

"먼저 만들어져버렸네."

망연자실한 표정의 사카모토에게 나는 웃는 얼굴로 대항했다.

"우선 두부 같은 것부터 먹고 있다보면 불쑥 돌아올 거라고 봐, 나는."

"그걸 어떻게 알아." 사카모토는 어두운 목소리를 냈다.

"하지만 이렇게 된 이상 이젠 먹을 수밖에 없잖아."

"그렇지, 할 수 없어. 뭐, 조금만 먹어볼까."

나는 재빨리 전골냄비의 뚜껑을 들어올렸다.

"오오~" 나는 얼굴 가득히 웃음을 지었다. "엄청 맛있을 것 같다, 야."

알루미늄 전골냄비는 몇 번이나 떨어뜨린 듯 울퉁불퉁하게 변형되어 있었지만, 그 내용물은 훌륭했다. 소집단을 이룬 내용물들이 각자의 맛을 뜨겁게 주장하고 있다. 겉보기도 좋다.

생각해보니 전골을 만들어 먹는 것도 오랜만이었다. 나는 두부를 국자로 떠서 접시에 담았다. 후후 불면서 입으로 옮긴다.

두부 조각은 시작에 어울리는 뜨거움을 일으키며 위장 안으로 떨어졌다. 앉은뱅이 탁자 맞은편에서는 안경에 뿌옇게 김이 서린 사카모토가 어육소시지를 먹고 있다.

"근데 말야," 나는 말했다. "왜 어육소시지를 넣은 거냐?"

"꽤 맛있는 국물이 우러나거든."

"진짜?"

"진짜야."

간신히 웃는 얼굴을 되찾은 사카모토가 텔레비전 뒤로 손을 뻗어 아일드터키 병을 꺼냈다. 병에는 매직으로 '사키모토'라고 씌어 있다. 이 방에는 틀린그림찾기처럼 이상한 부분이 많이 있었다.

우리는 와일드터키를 따라서 꼴깍꼴깍 마셨다. 입에 착 붙네, 하고 감탄하고는 다시 전골을 먹었다. 땀을 흘리면서 후후 불며 먹고 있는데, 갑자기 키도 씨가 돌아왔다.

"오."

키도 씨는 처음 보는 내가 아니라 전골에다 대고 말했다.

"처음 뵙겠습니다." 급히 긴장한 나는 말했다.

"으응." 키도 씨는 간단히 대답하고, 똑바로 걸어왔다. 앉는 것과 동시에 전골에 젓가락을 뻗어 닭고기를 먹기 시작했다.

"맛있네, 이거."

키도 씨는 "닭고기, 닭고기" 하고 중얼거리며, 다시 냄비 안을 뒤졌다.

"맛있어, 이거."

키도 씨는 다시 큰 목소리로 말했다.

"오노라고 합니다. 잘 부탁드립니다."

"응. 사카모토한테 들었어. 맛있네, 이거."

키도 씨는 일어서서 창가까지 걸어갔다. 창문 밖으로 몸을 내밀듯이 팔을 뻗어서 아래쪽을 뒤졌다. 돌아온 키도 씨의 손에는 위스키 병이 들려 있었다.

"웰컴이다, 오노."

키도 씨는 나의 어깨를 두드리며 웃었다. 그리고 다시 전골을 향해 앉아서 "닭고기, 닭고기" 하고 중얼거렸다. 사카모토가 기쁜 표정으로 우리를 보고 있었다.

"키도 씨." 나는 말했다. "혹시 창문 아래쪽의 박스들, 전부 술인가요?"

"응." 키도 씨는 위스키를 컵에 따랐다.

"덕분에 술에 관해서는 한동안 마음 푹 놓고 있지."

"왜 저렇게 많이 있는 건데요?"

"그건, 묻지 말아줘."

키도 씨가 그렇게 말하자 옆에서 사카모토가 살짝 눈을 내리깔았다. 아무래도 그 이상 묻지 않는 것이 좋아 보였다.

"뭐, 그거지." 키도 씨는 말했다. "두 번 다시 하지 않을 테니 걱정하지 말라는 얘기야."

키도 씨는 위스키를 꼴깍, 하고 마셨다.

"한 번 정도는 그런 일도 있기 마련이죠."

나도 와일드터키를 꼴깍, 하고 마셨다.

"밀 멋대로 ~~추측하는~~ 기야."

키도 씨는 다시 위스키를 꼴깍 마셨다.

"법적인 문제도 있겠지만, 사카모토를 슬프게 만드는 일은 하셔서는 안 되죠."

나는 다시 와일드터키를 마셨다.

"너……" 키도 씨는 말했다. "꽤 멋진 소릴 하는구나."

그리고 다시 위스키를 꼴깍 마셨다.

"배추도 맛있어요."

대화를 끊으려는 듯이 사카모토가 큰 소리로 말했다.

"으응." 키도 씨는 말하면서 국자를 쥐었다. 하지만 떠낸 것은 또 닭고기였다.

태도가 건방지지만 근본은 나쁘지 않다는 그 사람은 시종일관 닭고기만 먹었다. 반대로 마음씨 고운 통통한 청년은 어육소시지만 먹었다. 배려해서 그러는 것이 아니라, 정말로 좋아하는 것 같았다. 그리고 두 사람 다 놀랄 정도로 술을 잘 마셨다. 우리는 쓸데없는 잡담들을 하면서, 전골을 먹고, 술을 마셨다.

키도 씨는 척 봐도 알 수 있을 정도로 범상치 않은 아우라를 발하고 있었지만, 기본적으로 심플하면서 싹싹한 사람이었다(나중에 사카모토에게 듣기로는 먹을 것과 술이 있었기 때문이었다고 한다).

전골이 완전히 바닥날 즈음에는 세 사람 다 딱 기분좋게 취해 있었다.

사카모토는 여기서도 이이즈카 이야기를 시작했다. 오늘 이이즈카하고 이야기했어요~ 하면서, 녀석은 내가 아니라 키도 씨에게 들려주고 싶다는 듯 주절댔다. 듣고 있는 건지 안 듣고 있는 건지, 키도 씨는 푸하~ 하고 담배를 피웠다.

"너는 여자친구 있냐?" 키도 씨는 나에게 물었다.

"예, 있어요."

"뭐야?" 키도 씨는 곁눈질로 나를 보았다. "여자친구가 있는데 이런 데 와도 괜찮아?"

나는 설명했다. 우리는 일주일에 세 번 번갈아가며 전화를 걸고, 주말에만 만난다고. 그러기로 정해놓았다고.

키도 씨는 묵묵히 입을 다문 채 담배를 피웠다.

"너, 이건 단순히 흥미로 묻는 건데,"

"예."

키도 씨는 담뱃불을 끄고, 나를 똑바로 마주 보았다.

"주말에 만난다든가, 그렇게 하기로 정해놓았다든가 하는 그런 게 사랑이냐?"

"예, 사랑입니다."

"……그래." 키도 씨는 말하고, 나에게서 시선을 뗐다.

"나는 잘 이해가 안 되지만, 여러 가지 사랑이 있겠지."

키도 씨는 그 이상 흥미가 없다는 듯이 위스키를 마셨다. 옆에서는 사카모토의 끝없는 이이즈카 찬미가 이어지고 있었다.

"키도 씨." 나는 물었다. 사카모토에게도 들리도록 큰 목소리로 말했다.

"의리라든가 인정 같은 것도 소중하지만, 눈앞의 먹을 것은 최우선사항이죠?"

"무슨 소릴 하는 거야." 키도 씨는 말했다. "당연한 소리를 입 아프게 왜 해?"

것 봐라, 하는 표정을 이번에는 내가 사카모토를 향해 지어 보였다.

사카모토는 놀란 얼굴로 나를 바라보았다. 새로운 개념을 깨달은 선량한 사도 같았다.

다음주 화요일, 우리는 다시 키도 씨의 집에 갔다. 어째서 갔는지는 모르겠지만, 갔다. 그 다음주에도 갔다.

슈퍼마켓에서 전골 재료를 산 뒤에 사카모토에게 물어보
았다.

"너 말이야, 왜 그렇게 키도 씨에게 친절한 거야?"

"고향에서 신세를 많이 졌거든."

키도 씨의 자취방은 전철역에서도 슈퍼마켓에서도 멀었다.

"옛날에는 멋진 사람이었는데 말이야…… 돈도 많았고."

사카모토는 먼 곳을 바라보는 표정을 지었다. 우리는 슈
퍼마켓 봉지를 들고 육교를 건너는 중이었다. 거기서는 동그
란 해가 보였다.

"하지만 나는 말이지,"

육교 한가운데쯤에서 사카모토가 말했다.

"그 사람이 있어준 덕분에, 왕따나 괴롭힘을 당하지 않을
수 있었어."

저녁놀이 비치며 사카모토의 안경이 하얗게 빛났다. 육교
아래를 은색 전철이 지나갔다.

옛날에 멋진 사람이었다는 키도 씨는, 우리가 있든 없든
언제나 마이페이스로 행동했다. 자거나, 일어나거나, 큰 소
리를 지르거나, 욕설을 하거나. 그런 일들을 랜덤으로 행동
에 옮겼다. 급격히 어떤 일에 불타오르거나, 호령을 붙이거

72

나, 혹은 반대로 뭔가를 골똘히 생각하거나 했다.

전체적으로 본능이란 말이 어울리는 사람이었다. 묘하게 센티멘털한 이야기를 할 때도 있었고, 잘 이해되지 않는 주장을 배에 힘을 주어가며 역설하는 일도 있었다.

키도 씨는 무슨 일이 있으면 금방 설교를 늘어놓았다.

어떤 때는 사랑에 고민하는 사카모토에게 "야, 학생의 본분이 뭐냐?" 하고 설교를 했었다. 그런 소리만큼은 당신 입에서 듣고 싶지 않다는 생각이 들었다(하지만 그 얘길 들은 사카모토는 집에 가는 길에 진지한 얼굴로 "나는 좀더 열심히 공부해야겠어" 하고 중얼거리기도 했다).

사카모토는 키도 씨를 위해 부지런히 전골을 만들었다.

닭고기가 메인일 때는 어육소시지가 들어가고, 돼지고기가 메인일 때는 만두가 들어갔다. 그렇게 하기로 정해져 있는 모양이었다. 돼지고기와 만두의 조합에는 나도 특별히 불만은 없었다.

"전골은 참 좋아."

키도 씨는 전골을 눈앞에 두었을 때만 다정한 목소리가 되었다.

"전골은 최강의 조리법이야. 그렇지?"

키도 씨가 전골을 칭찬하면, 사카모토는 아주 기뻐했다.

닭고기가 메인일 때는 "닭고기, 닭고기" 하고 중얼거리면서, 돼지고기가 메인일 때는 "돼지고기, 돼지고기" 하고 중얼거리면서, 어느 쪽이든지 키도 씨는 고기만 먹었다.

"키도 씨!" 나는 이따금 소리쳤다. "그건 제 고기예요."

"시끄러워." 키도 씨는 우렁차게 말했다. "고기는 찜해두기 없다고 했잖아."

고기는 찜해두기 없음…… 키도 씨의 주장에는 언제나 묘한 설득력이 있었다.

아무것도 없는 방이지만 술만큼은 창문 아래에 잔뜩 있었다. 키도 씨의 주량도 대단했지만, 사카모토는 더 굉장했다. 사카모토는 시종일관 전혀 페이스를 흐트러뜨리지 않고 담담하게 마셨다. 우리가 곤드레만드레 취해서 이젠 못 마셔~ 하고 바닥을 굴러도 혼자서 계속 마셨다. 그리고 이이즈카 이야기를 시작하는 것이었다.

"또 밋치 얘기냐. 이놈 참 진보가 없네."

키도 씨는 이이즈카 미치코를 밋치라고 불렀다.

"뭐 어때요. 좀 들어보세요."

잠들기 직전의 우리를 향해 사카모토는 드디어 이이즈카

찬미를 시작했다. 빙글빙글 도는 의식 속에서 그 얘기를 듣고 있자니 정말로 이이즈카가 천사처럼 생각되었다.

"하지만요, 요즘에 이이즈카가 쌀쌀맞아요. 저기요, 좀 들어주세요~ 키도 씨~"

"시끄러워. 듣고 있다고."

키도 씨는 팔을 베고서 바닥에 누워 있다.

"오늘만 해도, 사카모토는 좋겠다~ 나는 수업 들어가야 하는데, 하는 소리를 했다구요~"

사카모토는 마냥 혼자서 떠들어댔다.

"야, 나 좀 봐봐."

키도 씨는 바닥에 누운 채, 발끝으로 사카모토를 찔렀다.

"나를 밋치라고 생각하고 안아봐."

"무슨 말씀이세요. 그런 생각을 어떻게 해요."

키도 씨는 슬그머니 일어나더니, 사카모토를 등뒤에서 와락 안으며 조르기를 걸었다.

"자, 밋치다!"

"아앙, 그만두세요~."

아앙, 은 또 뭐야, 잠 달아나게! 나도 사카모토를 걷어찼다. 시끌시끌 주거니 받거니 하는 두 사람을 보며 절로 미소가 지어지는 것은 단순히 나도 취했기 때문이었다. 신나게 마시고 나니 집에 돌아가는 것도 귀찮아져서, 셋이서 서로 이불을 빼앗아가며 바닥에서 잤다.

"키도 씨." 어느 날 나는 물어보았다.

"왜 저희들은 키도 씨에게 존댓말을 쓰는 걸까요?"

"응? 왜 그런 거지?"

키도 씨는 질문에 질문으로 답했다.

"뭐 어때. 대단한 경의가 담겨 있지 않아야지만 예의란 게 편리할 수 있는 거잖아. 그런 관계에서밖에 나오지 않는 말 같은 것도 있겠고 말이야."

말한 뒤에 키도 씨는 곰곰이 뭔가를 생각했다.

"생각해보면 예의란 건 참 멋져. 세계 삼대 미덕 중 하나로 넣을까."

키도 씨의 잘 이해할 수 없는 주장에는, 언제나 묘한 설득력이 있었다.

캠퍼스는 여름방학에 들어갔다.

그녀는 평일에는 매일 아르바이트를 하기로 한 듯했다. 나와 그녀는 지금까지와 마찬가지로 주말에 만났다. 혼잡한 행락지는 피하고, 쇼핑을 하거나 영화를 보러 갈 때가 많았다.

나와 사카모토는 이삿짐센터 아르바이트를 시작했다. 전철을 타고 사무소까지 가서, 그곳에서 각각 트럭에 나눠 타고 낯선 장소로 갔다. 낯선 장소에서 낯선 장소로 짐을 나르면, 낯선 사람들이 따로 수고비를 주기도 했다.

화요일이 되면 우리는 일을 마치고 사무소에서 만났다. 그리고 그길로 키도 씨의 집에 갔다. 결국 그날 이후로, 매주 키도 씨의 집에 가는 셈이었다.

나는 주초가 되면, 키도 씨는 어떻게 지내고 있을까, 하고 생각하게 되었다. 화요일이 되면, 특별히 가고 싶은 것도 아닌데도 사카모토와 함께 키도 씨의 집에 갔다. 어쩌면 나는 사카모토에게 이상한 바람이 든 것인지도 몰랐다.

어째서 정해진 요일에만 가는지는 알 수 없었지만, 매일 키도 씨와 만나는 것도 힘든 일이니까 이 정도가 딱 좋았다. 의외로 사카모토도 같은 마음인지 모른다.

키도 씨의 자취방에는 선풍기밖에 없었다. 하지만 창문을 활짝 열고 최대풍력으로 선풍기를 돌리면 어떻게든 버틸 만했다. 그리고 모기향만 피워두면 된다.

우리는 줄줄 땀을 흘리면서 전골을 먹고 술을 마셨다. 가끔씩 셋이서 대중목욕탕에도 갔다.

어느 날의 일이었다. 문득 기억났다는 듯이 키도 씨가 말했다.

"그런데 말이다, 밋치는 어떤 여자냐?"

돼지고기가 메인인 전골은 아직 반 이상 남아 있었다.

"어떠냐니, 의외로 평범한 사람이에요."

나는 그렇게 말했다.

"그렇지 않아."

아랫배에 힘을 꾹 준 목소리로, 사카모토가 쩌렁쩌렁하게 말했다.

키도 씨는 젓가락을 내려놓고, "야" 하고 말했다. "밋치 사진 좀 보여줘봐."

"바보 아녜요? 키도 씨." 나는 말했다.

"사진 같은 걸 가지고 있을 리가 없잖아요. 그렇지?"

사카모토는 가만히 입을 다물고 있었다.

"……설마 너, 가지고 있냐?"

사카모토는 계속 입을 다물었다. 아무래도 가지고 있는

모양이었다.

"조금만 보기예요."

사카모토는 그렇게 말하며 지갑에서 사진을 꺼냈다.

코팅되어서 브로마이드처럼 보이는 사진 속에서, 이이즈카가 몸을 살짝 비틀고 웃음을 참고 있다. 키도 씨는 진지한 표정으로 그것을 보았다. 걱정스러운 얼굴로 사카모토가 그것을 지켜본다.

"그렇군……"

사진에서 눈을 뗀 키도 씨는 한숨을 쉬듯 말했다.

"너도 한가닥하는구나, 사카모토."

잠시 있다가 키도 씨는 말했다. "밋치, 아주 멋진데. 엄청 멋져."

사카모토는 부끄러운 듯이 입가를 씩 구부렸다.

"나는 단연코, 사카모토를 응원하겠어."

키도 씨는 깊이 감탄한 듯, 그 뒤에 입을 다물어버렸다. 아무래도 이이즈카의 무언가가 키도 씨의 심금을 울린 것 같았다. 이이즈카는 도호쿠 출신 사람들에게 동등하게 어필하는 모양이다.

키도 씨가 깊이 감탄하는 동안, 나는 고기를 잔뜩 먹었다.

◇

9월이 되었다.

주말에는 그녀와 만나고, 화요일에는 키도 씨의 집에 간다. 그런 생활이 특별한 방향성도 없이 이어지고 있었다.

요전 토요일은 그녀의 제안으로 요코하마에 갔었지. 월요일의 나는 생각한다. 오늘은 내가 전화할 차례다, 하고 시각을 확인한다.

전화를 받은 그녀는 우선 후후후, 하고 웃었다. 시간대에 맞춰 걸려오는 전화가 비밀스럽게 느껴져서 우스운 모양이었다. 웃음으로 마음의 긴장을 푼 뒤에, 우리는 어디로도 이어지지 않는 대화를 나누었다.

그녀가 고양이에게 물려서 구내염에 걸린 것. 고양이에게 악의는 없다는 것. 치와와 닥스훈트를 교배한 치왁스라는 것이 있는 모양이라는 것. 치왁스는 몸이 긴 치와와라기보다는 짧은 닥스훈트에 가깝다는 것. 그러면 별 의미 없잖아, 하는 것.

전화 통화는 대개 삼십 분 정도로 끝났다.

에어컨을 켜서 시원한 방에서, 나는 달력을 바라본다. 12

월까지 앞으로 석 달 남았다. 우리는 석 달 뒤에 그런 일을 하게 되는구나, 하고 생각했다. 어쩐지 생각하기 힘들었지만, 그런 것이었다.

옛날 여자친구와 처음으로 그렇게 되었을 때를 나는 떠올리고 있었다.

그렇게 되기 전에, 머리와 몸은 격렬하게 그 너머를 원하고 있었다. 그 너머로 나아가고 싶다, 라는 것은 정말 이상한 기분이었다.

하지만 어째서일까? 하고 싶었는데, 그렇게 되기 위해서 세세한 계획을 많이 세웠었는데, 기묘하게도 머릿속은 차가워졌다. 그 너머라는 게 뭘까? 그런 것을 생각하고 있었다. 움직이고 있는 자신도 응하고 있는 그녀도 마치 다른 사람 같았다. 언젠가는 이런 일도 자연스러운 행위로 바뀌는 걸까? 그런 생각을 하고 있었다.

끝났을 때, 어쩐지 이상하다고 그녀는 말했다.

나는 그때 그녀를 안을 때 드는 포근한 느낌에 감동했다. 솜털처럼 가볍고, 마시멜로처럼 편안했다.

나는 아마 가장 다정한 기분이 들었던 것 같다. 끝난 뒤의, 가장 성차(性差)가 느껴지지 않는, 서로 끌어안고 잠들고 싶을 때— 나는 무엇보다도, 누구보다도, 그녀에게 다정한 기분이 들었다.

그것은 우리에게 새로운 영역이었는지도 모른다. 그런 것이 있다는 것에 나는 감동했었다. 이렇게 될 수 있어서 다행이다, 하고 생각하고 있었다.

그런 얘기를 하자 그녀는 이상하다는 얼굴을 하고 나의 눈을 들여다보았다. 그러고 나서, 왠지 알 것 같아, 하고 말하며 다시 나의 가슴에 얼굴을 묻었다.

재수생활을 시작했을 때 그녀와 헤어졌다. 지금 어디서 무엇을 하고 있을까, 하고 조금 생각했다.

◇

여름방학이 끝나고, 2학기 수업이 시작되었다.

방학이 끝나 웅성거리는 강의실에서 우리는 수업 오리엔테이션을 받았다.

주위에는 커플이 셋 있었다. 보통 커플 한 쌍에, 닭살 커플이 둘이었다. 그들은 각자 의미 있는 여름을 보낸 듯 보였다.

그리고 사카모토는 전혀 눈치채지 못했지만, 이이즈카에

게서도 누군가와 사귀기 시작한 듯한 분위기가 느껴졌다. 만약 그것이 사실이라면 조금 유감이라는 생각이 들었다. 사카모토와 이이즈카는 나란히 세워놓고 보면 어울리는 커플일지도 모르는데.

하지만 어쩔 수 없어, 사카모토. 나는 생각했다. 우리는 방학 동안 서른여섯 건의 이사를 도왔어. 결혼, 출산, 이사. 그런 세계 삼대 전기(轉機) 중 하나에 서른여섯 건이나 관련되어 있었어. 그 동안 새로운 사랑 한둘쯤은 간단히 생겨나기 마련이잖아. 그건 어쩔 수 없어, 사카모토……

나는 주말이 되면 꼬박꼬박 그녀와 만나고, 화요일이 되면 키도 씨의 집에 갔다. 슬슬 모기향도 선풍기도 필요 없어지고 있었다.

키도 씨와 있으면, 배꼽이 빠질 정도로 우스운 일이 있었다.

그녀와 있으면, 어렴풋이 담담하게 두근거리는 일이 있었다.

작은 무언가가 칭~ 하고 소리굽쇠처럼 나의 마음에 울리고, 이윽고 감쇠하여 사라져갔다. 이제 사라졌을까 하고 귀를 기울이면 아직 희미하게 들리기도 했다. 그런 때는 괜히 기쁜 마음에 일기를 쓰고 싶어졌다.

나는 지금, 무엇의 도중에 있는 걸까, 하고 생각했다.

나는 지금, 어떤 도중에 있는 걸까, 하고 생각했다.

◇

여름의 여운이 서서히 사라지고, 계절은 가을이 되었다.

이이즈카에 관한 작은 근심은 조금씩 의심으로 바뀌고, 이윽고 내 안에서 확신에 가까워졌다. 사카모토는 아직 눈치채지 못했지만 이미 감출 수 있는 것도 아니었다.

이윽고 사카모토의 마음속에서도 의심이 싹텄을 때, 나는 "어떻게 생각해?" 하는 질문을 받았다.

"사실이 어떤지는 알 수 없어."

나는 사카모토를 똑바로 바라봤다.

"하지만 그럴 가능성은 높다고 생각해."

사가모도는 기민히 니를 본 뒤에, "그렇구나, 역시나" 하고 이상하게 돌려 말했다.

그 뒤 사카모토는 이런저런 곳에서 정보를 모으는 듯했

다. 그리고 나와 같은 결론에 다다른 모양이었다.

더욱 혼란에 빠지거나 우는 소리를 할 줄 알았는데, 그는 냉정하게 행동했다. 그 모습은 다부지다고 말해도 좋을 정도였다. 그는 평소처럼 수업을 받고, 평소처럼 이이즈카와 인사를 나누고, 평소처럼 베이비스타 스낵을 먹었다. 그가 그 사실을 어떻게 받아들였는지는 알 수 없다. 다만 안경 너머의 다정한 눈은 평소와 아무것도 달라지지 않은 듯 보였다.

화요일이 되고, 우리는 키도 씨의 자취방으로 향했다.

슈퍼마켓에서 재료를 사서 둘이 나란히 키도 씨의 집으로 걸어갔다.

"오늘 전골은 내가 만들까?" 나는 말했다.

"아니." 사카모토는 단호히 말했다. "전골은 내가 만들 거야."

육교 위에 올라가도 저녁놀은 보이지 않았다. 벌써 해가 짧아진 것이다. 우리는 묵묵히 육교를 건넜다.

키도 씨의 집에 도착하자 사카모토는 평소처럼 전골을 만들었다.

평소처럼 셋이서 전골 주위에 둘러앉고, 평소처럼 술을 마셨다.

키도 씨는 역시 고기만 골라 먹었고, 사카모토는 어육소 시지를 좋아라 하며 먹었다. 전골의 내용물은 줄어가고, 동시에 빈 술병도 늘어갔다. 사카모토의 페이스가 조금 빨라 보였지만, 표면상으로는 평소와 다를 바 없는 풍경이었다. 하지만 딱 좋은 정도로 취해서 이젠 슬슬 그만 마시자고 할 무렵에, 그 일이 일어났다.

"키도 씨." 사카모토는 말했다.

말을 꺼낸 뒤에 사카모토는 입을 다물었다. 등뒤에 심각한 분위기가 떠돌고 있다.

드디어 왔구나. 나는 조용히 생각했다. 이쯤 와서 시작하는군, 하는 점에 관해서는 묘하게 납득이 갔다. 사카모토는 그대로 아무 말도 하지 않았다.

턱을 괴고 바닥에 누워 있던 키도 씨가 천천히 일어났다. 찰캉 소리를 내며 지포라이터의 뚜껑을 열고, 담뱃불을 붙이고, 푸하~ 하고 연기를 내뿜었다.

"왜 불러." 키도 씨는 말했다.

사카모토는 좀처럼 입을 열지 않았다. 기도 씨는 툭툭 재를 털고, 다시 연기를 토했다.

"……실은 말이죠." 사카모토는 고개를 푹 숙이고서 말했

86

다. "밋치에게 남자친구가 생겼어요."

어느새 사카모토도 키도 씨 앞에서는 이이즈카를 밋치라고 부르고 있었다.

키도 씨는 담배를 재떨이에 눌러서, 천천히 불을 껐다.

"어떤 놈이냐." 키도 씨는 험상궂은 목소리로 말했다.

"……나가자와라는 사람이에요."

"누구야, 그게."

데이터 중시파인 사카모토는 그 남자에 대해서 더듬더듬 설명했다. 남자의 이름은 나가자와 가즈노리. 경제학부 소속으로, 우리보다 한 학년 위다. 시즈오카 출신. 키는 백칠십오 센티미터 정도이며, 체중은 육십 킬로그램 정도. 갈색 머리. 요트부의 부회장을 맡고 있는 모양이었다.

"요트부라고?" 키도 씨는 사카모토의 해설을 가로막았다.

"요트라면 그 요트 말이야?"

사카모토가 고개를 끄덕이자, 키도 씨는 붉으락푸르락 끓어오르기 시작했다. 사람을 뭘로 보고, 하고 키도 씨는 으르렁거리듯 말했다. 아무래도 요트라는 개념이 키도 씨의 무언가와 심하게 충돌한 모양이었다.

"요트나 타는 양아치 놈이 밋치의 진정한 매력을 어떻게 알겠어."

키도 씨는 나를 노려보았다.

"아니냐? 안 그래?"

"……맞아요." 나는 말했다.

"야." 키도 씨는 다시 사카모토를 바라보았다. "나는 인정할 수 없어. 결코 인정할 수 없어."

키도 씨와 사카모토는 잠시 동안 서로를 노려보았다. 사카모토가 안경 틈 사이로 눈을 비볐다.

"그런 것이, 인정될 리가 없어."

사카모토는 참을 수 없어졌는지 무릎에 얼굴을 묻어버렸다. 키도 씨는 잠시 그것을 노려보았지만, 이윽고 눈을 돌리고 다시 담배를 집어들었다.

찰칵, 하는 소리가 나고 담배에 불이 붙었다. 진한 유백색 연기가 천장을 향해 하늘하늘 올라간다. 키도 씨는 시선을 연기 끝에 두고서 가만히 뭔가를 생각하기 시작했다.

"……뭐, 일단 마시죠."

나는 기도 씨에게 술을 권했다. 그러나 진히 반응하지 않았다.

"사카모토도 좀 마셔."

나는 사카모토의 어깨를 두드렸다.

"마시고 잊어버리자고."

천천히 고개를 든 사카모토가, 고개를 끄덕였다.

"키도 씨도 마시세요."

키도 씨는 똑바로 앞을 본 채, 위스키를 꿀꺽 마셨다.

우리는 그 뒤에, 무슨 의무처럼 계속 술을 마셨다.

키도 씨는 계속 입을 다물고 있었고 사카모토도 거의 말을 하지 않았다. 나 혼자서만 '아직이야, 이제부터 시작이라고'라든가 '세상의 반은 여자니까' 라든가 하는 하나마나한 말을 바보처럼 반복했다.

내가 발하고 있는 것은 그냥 단순한 소리에 불과했다. 하지만 계속 소리를 내는 것이 그때의 내가 할 수 있는 유일한 일이었다. 사카모토의 좋은 점을 알아주는 사람이 분명히 나타날 거라는 둥, 이이즈카도 머지않아 알게 될 거라는 둥, 앞으로는 도호쿠 출신 안경남이 뜰 거라는 둥, 그런 무의미한 소리를 나는 계속 발했다. 누군가가 제대로 된 말을 하든가, 혹은 그냥 자버리든가, 그런 때가 올 때까지 나는 계속 소리를 낼 수밖에 없다고 생각하고 있었다.

하지만 한계가 다가왔다. 나의 소리는 차츰차츰 힘이 약해져, 페이드아웃하기 시작했다. 이젠 됐다. 위스키를 마시며 확인하듯이 생각했다. 나는 아주 열심히 했다. 이젠 됐다. 나는 천천히 입을 다물었다.

휑하니. ·

방은 간단히 조용해져버렸다. 소리가 사라진 방을 시간만이 지배했다.

세 남자는 각자 다른 방향을 보면서 위스키를 입으로 옮겼다. 키도 씨는 가끔씩 담배를 피우고, 사카모토는 가끔씩 한숨을 내쉬었다.

하지만 침묵은 생각했던 것 이상으로 불쾌하지 않았다. 불안하지도 불쾌하지도 않았다. 그랬었지, 하고 나는 기억해냈다. 지구의 밤에는, 원래부터 소리 따위는 없었던 것이다.

……

……

……

─어이.

키도 씨의 목소리가 밤공기 속에 낮게 울렸다. 그 목소리는 번듯한 언어였다. 강한 정신을 담은 키도 씨의 말이, 또렷

한 윤곽을 가지고 이 밤에 울렸다.

"너는 이제 어떻게 할 생각이지?"

키도 씨는 사카모토를 향해 말을 이었다.

"어떻게 하다뇨, 어떻게 할 수도 없잖아요."

"그렇지 않아."

"……"

사카모토는 말없이 키도 씨를 바라보았다. 키도 씨는 손을 뒤로 짚고서 먼 곳을 바라보고 있다.

"콱 저질러버릴까."

키도 씨는 중얼거리듯이 말한 뒤에 사카모토를 지그시 바라봤다.

"뭘 말인가요?"

"그러니까, 그 요트맨을 박살내버리자는 얘기야."

"그런 걸 어떻게 해요."

사카모토는 울 것 같은 목소리로 말했다.

"해보지도 않고 말하지 마. 잽싸게 끝내버리면 돼."

"말도 안 되는 소리예요."

"아니야." 키도 씨는 외쳤다.

"도무지 납득할 수 없다면, 패버리는 것도 한 가지 방법이잖아."

"전 못 해요."

"멍청이!" 키도 씨는 버럭 소리쳤다. "너는 착하다 나쁘
다 하는 것만으로 세상을 살아왔냐? 그렇게 악당이 되는 것
이 싫어?"

"하지만,"

"사카모토." 나는 목소리를 냈다. 간신히 입을 열었다, 하
고 생각했다.

"그거, 괜찮을지도 몰라."

사카모토는 놀란 얼굴로 나를 보았다. 그때의 나에게는
키도 씨의 주장이 아주 정당하게 들렸던 것이다.

"키도 씨." 나는 말했다. "셋이서 해치워버리죠."

"그래." 키도 씨는 씩 웃었다. "후딱 처리해버리자고."

"괜찮네요. 흠씬 두들겨패주자구요. 자, 사카모토는 아직
마실 수 있지? 마셔."

사카모토는 나에게 의심스런 표정을 지어 보이면서, 위스
키를 마셨다.

"무엇보다, 요트가 뭐 별거냐고요."

"그래, 맞아. 아무리 생각해봐도 요트만큼은 용서할 수 없

어."

"신나게 두들겨패주고, 돛에 매달아버리자구요. 사카모
토도 하는 거지?"

"……나는 별로 요트에 앙심은 없어."

"무슨 소리야." 키도 씨는 큰 소리로 말했다. "무엇보다,
그런 마초 녀석이 밋치의 진정한 매력을 알 리가 없잖아."

사카모토는 키도 씨를 바라보며 꿀꺽 하고 위스키를 마
셨다.

"그건, 실은 저도 그렇다고 생각해요." 사카모토는 작게
신음했다.

"그런데요, 키도 씨." 나는 말했다.

"녀석은 우리보다 확실히 피지컬적인 면이 뛰어나요. 체
육 계열이니까요."

"넌 원숭이냐? 인간님은 말이다, 도구를 쓸 줄 안다고."

"도구를 쓰려구요?"

"그렇다고. 알겠냐? 잘 기억해둬. 아무리 잘난 근육남이
라도, 몽둥이찜질에는 못 당해."

"기억해둘게요." 나는 키도 씨에게 위스키를 따랐다.

우리는 그쯤에서부터 다시 계속 술을 마셨다. 나와 키도

씨는 어떻게 그 요트맨을 두들겨패줄까를 의논했다.

사카모토는 그 얘기를 들으면서 혼자서 술을 마셨고, 이 따금 중얼중얼 혼잣말을 했다. 그리고 끝내는 "너도 할 거지?" 라는 물음에 고개를 끄덕이게 되었다.

몸이 저려오는 듯한 술기운과 피어오르는 연기 속에서, 우리는 그것이 정당하다고 생각하고 있었던 것이다. 어쩌면 그것은 정말로 옳은 생각이었는지도 모른다. 생각만으로는 심플하고 상쾌한 것이었는지도 모른다.

다음날 눈을 뜨자 이미 점심때가 지나 있었다.

일어난 사람부터 차례대로 싱크대로 가서 세수를 했다.

나는 어젯밤에 먹다 남은 전골을 데우며, 아침식사용으로 산 우동을 삶았다. 사카모토가 어제의 뒷정리를 시작하고, 키도 씨는 창문을 열었다.

간단히 간은 해서 완성한 우동을 앉은뱅이 탁자로 옮겼다.

우리는 말없이 우동을 먹었다. 국물이 잘 밴 우동이 빈 뱃 속으로 뜨겁게 떨어졌다. 항상 그렇듯 전골 뒤에 먹는 우동은 맛있다. 맑은 뒤 흐림. 전골 뒤 우동.

얼마 안 있어 전골은 바닥이 났다. 키도 씨가 담배에 불을 붙이고, 연기를 뿜었다. 우리는 각자의 자세로 뱃속에 든 것을 소화시켰다.

날씨는 맑았다. 햇살이 비치지 않는 방에서도 알 수 있을 정도로 화창한 날씨였다. 수요일, 하고 나는 속으로 요일을 확인하듯이 되뇌었다. 오늘밤은 그녀가 전화를 걸 차례다.

이윽고 키도 씨는 담배를 재떨이에 비벼 껐다. 오랜 시간에 걸쳐서, 키도 씨는 담뱃불을 완전히 껐다. 그리고, 가자, 하고 말했다.

"……어디를요?"

나는 물었다.

"두들겨패주러." 키도 씨는 당연하다는 듯이 대답했다.

키도 씨는 재빨리 준비를 마치고 화장실에 들어갔다. 나와서는 "너희도 화장실에는 갔다 와" 하고 말했다. 키도 씨의 움직임은 이럴 때에만 기민했다.

나와 사카모토는 차례대로 화장실에 갔다. 키도 씨는 현관에서 기다리고 있었다.

우리는 꾸물꾸물 밖으로 나왔다.

하늘은 구름 한 점 없이 기분좋게 개어 있었다. 이렇게 기분좋은 날에, 우리는 요트맨을 두들겨패러 간다.

—키도 씨, 나, 사카모토.

롤플레잉 게임의 주인공들처럼 우리는 일렬로 서서 나아갔다. 선두에 선 키도 씨도, 뒤를 지키는 사카모토도, 아무 말도 하지 않았다. 우리는 그저 묵묵히 행진했다.

도중에 키도 씨는 쓰레기장에 버려져 있는 각목을 집어들었다. 붕붕 휘둘러보더니, 안 돼, 하고는 다시 쓰레기장에 던졌다. 땡그랑 소리를 내며 그것은 쓰러졌다.

사실은 어제 시점에서 알고 있던 일이었다. 키도 씨는 진심이라는 것. 진짜로 저지를 사람이라는 것. 그리고 나나 사카모토에게는, 그럴 배짱도 자질도 없다는 것을.

사카모토의 실연에 진심 어린 말을 내뱉고, 상대를 두들겨패줘야겠다고 생각한 키도 씨. 그런 키도 씨에게 나는 어젯밤 반했던 것이다. 그래서 그때는 나도 요트 양아치를 두들겨패주자고 생각했다. 우리 셋은, 그래야만 한다고 생각하고 있었다.

하지만 키도 씨. 나는 생각했다. 이제 밤은 끝나고 아침이 되었다. 상식적으로 당연히 그런 짓은 해서는 안 된다. 시시

한 이유라면 얼마든지 말할 수 있었다. 이이즈카의 마음도 그렇고, 무엇보다 요트맨은 아무런 잘못도 없다. 사카모토도 후회할 것이다. 무엇보다, 이런 짓은 범죄다.

아마 키도 씨도 그런 건 전부 알고 있겠지. 그렇기 때문에 어젯밤의 키도 씨에게는 가치가 있었다. 나나 사카모토가 따라갈 마음이 든 것이나, 지금 진짜로 이렇게 행진하고 있는 것. 그것은 키도 씨가 만들어낸 가치였다. 그러니까 이제는, 하고 나는 생각했다. 이제 충분해요, 키도 씨.

역으로 향하는 지름길에 있는 어린이공원 같은 곳을 가로질러가는 중이었다. "키도 씨" 하고 부르며 나는 발을 멈추었다.

"죄송해요. 이제 그만하죠. 정말로 죄송해요."

나는 머리를 숙였다.

"뭔 소리야, 그게?"

천천히 키도 씨가 돌아보았다.

"죄송합니다. 이 이상은 아무래도 갈 수 없어요."

"……그래." 낮은 목소리로 키도 씨는 말했다. "알았어. 너는 그만두는 거구나."

키도 씨는 천천히 숨을 내쉰 뒤에, 사카모토 쪽으로 시선을 옮겼다.

"넌 어때?"

"저도 그만두는 게 좋다고 생각해요."

작은 목소리로 사카모토는 말했다.

"……그래."

키도 씨는 담뱃갑을 꺼내서, 가장자리를 톡톡 두드렸다.

"관두고 싶으면 맘대로 해. 나는 혼자라도 갈 거다."

"죄송합니다." 나는 말했다. "그러시게 놔둘 수도 없습니다."

"뭐라고?"

키도 씨는 손을 멈추고, 나를 노려보았다.

"관두는 놈은 상관하지 마. 이건 이제 나만의 문제다."

"안 돼요. 그렇게 놔둘 수 없어요."

키도 씨가 한 걸음 다가왔다 싶더니 얼굴 왼쪽에 충격이 퍼졌다. 붕 하고 바람을 가르는 소리와 철썩 하는 소리가 동시에 들렸다. 시야가 반짝이는 흰색으로 물들고, 조금 뒤에 그것이 따귀라는 것을 이해했다. 이거, 이런 게 몇 년 만일까, 하고 생각했다. 중학교 2학년 때, 빌빌대지 마, 빌빌거리지 않았어, 하며 오카다 녀석과 치고 받고 한 이후로 처음이었다. 왼쪽 뒤에는 사카모토가 달라붙어 있었다. 사카모토가 무슨 말인가를 하고, 그러면 나를 말려봐라, 하고 키도 씨가 버럭 소리쳤다. 키도 씨에게 발차기라도 맞았는지 사카모토가 낮게 신음했다.

"그렇게 놔둘 수 없어요!"

키도 씨의 진심을 향해서, 나는 큰 소리를 쥐어짜내며 외쳤다. 키도 씨는 사카모토에게 발차기를 날린 뒤에 이쪽을 돌아보았다.

"여기까지예요."

나는 말했다.

"말만 하는 건 원숭이라도 할 수 있지."

키도 씨는 굉장히 험상궂은 얼굴로 나를 노려보았다. 원숭이는 말 못 하는데, 라고 생각했지만 그런 것은 아무래도 좋았다.

"……키도 씨에게 이기면 되는 건가요?"

"뭐가 어째?"

"말씀드려두겠는데, 저는, 키도 씨 같은 사람에겐 지지 않아요."

"……말 한번 잘했다."

키도 씨는 왼손에 쥐고 있던 담뱃갑을 땅바닥에 내던졌다. 성큼성큼 나를 향해 다가와서 멱살을 잡았다.

"그만둬!"

그때, 사카모토가 외쳤다.

키도 씨는 순간 움직임을 멈췄지만, 다시 나의 멱살을 잡아올렸다.

"그만둬!" 사카모토는 절규했다. "부슨리써도!"

부슨리써도, 라는 소리에 우리는 움직임을 멈췄다. 부슨리써도? 우리는 서로의 움직임을 견제하면서, 곁눈질로 사카모토의 상태를 엿보았다.

사카모토는 헉헉 거친 숨을 내쉬고 있었다. 뭔가를 중얼중얼중얼중얼 웅얼거린 뒤에, 안경을 벗어 가슴주머니에 집어넣었다.

"무슨 일이 있어도 붙겠다면, 스모로 결판을 내!"

사카모토는 다시 중얼중얼하면서, 발로 바닥에 커다란 원을 그리기 시작했다. 노려보는 나와 키도 씨 주위에 도효 같은 것이 만들어졌다.

"스모를 해!"

사카모토가 외치는 것과 동시였다. 나는 키도 씨의 다리

를 들어올리며, 멱살을 중심으로 돌리면서 있는 힘껏 내던졌
다. 투두두둑 하고 내 셔츠의 단추가 떨어져나가는 것을 알
수 있었다.

땅바닥에 넘어진 키도 씨는 으르렁거리는 듯한 소리를 내
더니, 다음 순간 내 허리에 달라붙었다. 나는 키도 씨의 옷자
락과 벨트를 쥐고 있는 힘껏 좌우로 흔들었다. 다리를 걸어
서 던져버리려고 했지만 키도 씨가 손을 놓지 않아서 같이
땅바닥에 쓰러졌다.

공원의 땅바닥은 단단하고 부드럽고, 어린 시절에 맡았던
냄새가 났다. 나는 입에 들어간 모래를 뱉으면서 그대로 키
도 씨를 끌어 일으켰다. 그리고 다시 던졌다.

담배만 피우고 운동은 전혀 하지 않는 키도 씨는 딱할 정
도로 약했다.

나는 몇 번이나 키도 씨를 던지고, 일으켜 세우고, 다시 던
졌다. 키도 씨는 내 셔츠를 쥔 손만큼은 놓지 않았지만, 그리
오래 지나지 않아 힘을 못 쓰게 되었다. 나는 그래도 계속해
서 키도 씨를 내던졌다.

이윽고 키도 씨는 숨을 헐떡거리며 땅바닥에 푹 주저앉더
니, 끝내는 큰 대자로 드러누워버렸다. 누워 있는 키도 씨 옆

에는 담뱃갑이 떨어져 있었다.

나도 이제 한계였다. 무릎에 손을 짚고 호흡하자 목구멍 안에서 이상한 소리가 났다. 멈추려 해도 멈춰지지 않았다.

사카모토가 천천히 키도 씨에게 다가갔다.

키도 씨는 뭔가를 쫓듯이 쉭쉭 손을 저으며 "가" 하고 말했다. 그래도 사카모토가 서 있자, 키도 씨는 "가주라" 하고 말했다.

사카모토의 재촉을 받아 나는 일어섰다. 우리는 어슬렁어슬렁 공원을 빠져나왔다.

공원 바깥에서 돌아보았다. 그곳에서는 큰 대자가 된 키도 씨가 담배를 피우고 있는 모습이 보였다.

하늘은 화창하고, 공기는 맑고, 바람도 불지 않았다. 이렇게 화창한 날에 나는 키도 씨를 몇 번이고 내던진 것이다. 키도 씨의 손톱자국이 상처가 되어서 양팔에 남아 있었다.

그리고 일주일이 지났다.

사카모토는 아직은 가지 않는 게 좋겠다고 강하게 주장했고, 나도 그럴 거라는 기분이 들었다. 결국 그주 화요일에는 키도 씨의 집에 가지 않았다.

키도 씨는 지금 무슨 생각을 하고 있을까, 하고 방에서 혼자 생각했다. 뜯겨나간 셔츠의 단추를 꿰매려고 보니 단추가 세 개 모자랐다. 이제부터가 정말로 전골이 어울리는 계절인데 싶었다. 생각해보니 우리는 7월부터 한 주도 쉬지 않고 키도 씨의 집에 갔던 것이다.

나와 사카모토는 아무 일도 없었다는 듯이 수업을 받았다. 아무것도 모르는 이이즈카도 평소와 마찬가지로 수업을 받고 있었다. 모르는 와중에 목숨을 건진 나가자와도 분명 어딘가에서 뭔가를 잘하고 있을 것이다. 키도 씨뿐이었다. 키도 씨만이, 아군이었던 우리에게, 자신이 나아가던 길을 막혀버린 것이다.

금요일 밤이 되었다.

오늘은 그녀가 걸 차례였다. 상당히 빨리 벨이 울린다 싶었는데, 사카모토에게서 걸려온 전화였다.

"어이." 키도 씨처럼 사카모토가 말했다. "지금부터 후지 산을 오른다."

"후지 산? 뭔 소리야, 그게?"

"키도 씨에게서 방금, 그런 지령이 내려왔어."

사카모토는 기쁜 듯이 말했다.

"차를 빌려서 그쪽으로 데리러 갈게. 지금 나올 수 있지?"

"⋯⋯응."

"후지 산이니까, 한겨울 차림을 하도록 해."

"알았어."

나는 시계를 보았다. 그녀에게서 전화가 걸려올 때까지는 아직 시간이 있었다. 지금 집에 있으려나. 나는 오랜만에 그런 생각을 했다.

"무슨 일이야?"

그녀는 놀란 목소리로 받았다. 생각해보니 전화 거는 순서의 룰을 어긴 것은 그때가 처음이었다.

"갑자기 급한 일이 생겨서," 나는 말했다. "지금 통화할 수 있어?"

"응, 잠깐만."

전화기 너머에서 그녀가 자세를 바꾸고, 마실 것 같은 것을 준비하는 소리가 들렸다.

나는 그녀에게 키도 씨에 대해서 말했다.

키도 씨와의 만남. 키도 씨가 하는 말. 키도 씨와 사카모토. 고기와 키도 씨. 요트에 적의를 불태우는 키도 씨. 공원에서 패배한 키도 씨.

이야기하면서 생각했다. 나는 어째서 지금까지 그녀에게 키도 씨 이야기를 하지 않았을까. 사카모토에게 이상한 선배가 있다는 이야기는 한 적 있었다. 하지만 '키도 씨'라는 단어를 그녀에게 말해본 것은 이번이 처음이었다.

"아하~"

나의 긴 이야기 뒤에 그녀는 말했다.

"아마도 그때, 그 키도 씨란 사람은 뭔가를 뛰어넘으려고 했던 게 아닐까? 사실은 밋치나 요트맨 따위는 어찌 되든 상관없었던 거야."

나의 여자친구는 굉장한 사람이었다. 그녀는 즐거운 듯 후후후후 웃었다.

"하지만 오노가 막아버렸어."

"나쁜 짓을 한 걸까?"

"아니야. 그 정도로 뛰어넘을 수 있는 게 있을 리가 없잖아."

나의 여자친구는 굉장한 사람이었다. 그녀는 또다시 작게 후후후 하고 웃었다.

나는 내일의 데이트 취소를 청했다. 처음으로 하는 취소였다.

"응." 그녀는 말했다. "잘 다녀와, 후지 산."

이십삼시가 넘었을 무렵, 사카모토가 집으로 찾아왔다.

우리는 렌터카를 타고 키도 씨의 집으로 향했다. 하지만 키도 씨는 아직 아무런 준비도 하지 않고 있었다. 준비는커녕 술을 마시고 있었다.

"뭐 하고 계시는 거예요." 사카모토가 말했다.

"너희가 늦어서 그렇잖아."

키도 씨는 사카모토의 재촉을 받아 느릿느릿 일어섰다.

"어쨌든, 후지 산을 얕보면 안 돼요."

사카모토는 가능한 만큼의 방한대책을 세우라고 키도 씨의 등을 떠밀었다. 키노 씨는, 늙으면 자식 말을 따르라고 했지, 하는 얘기를 웅얼거리며 투덜대면서도 옷을 하나 둘씩 껴입어, 최종적으로는 두툼한 모습으로 마무리되었다.

후지 산을 향해 출발했을 때는 벌써 새벽 한시가 지나 있었다.

운전은 사카모토가 하고 나는 조수석에서 로드맵을 펼쳤다. 뒷좌석의 키도 씨는, 도착하면 깨워줘, 하고는 잠들어버렸고, 고속도로를 탔을 무렵에는 코 고는 소리까지 들려왔다.

사카모토가 가져온 시디를 틀었다. 심야의 고속도로를 우리는 신나게 달렸다. 혼신을 다해 노래하는 보컬리스트가 '경계의 땅을 우리는 달린다' 하고 뜨겁게 외치고, 그 뒤에 숨소리가 들릴 정도로 마이크를 가까이 갖다대고 '나는 그곳으로 간다' 하고 속삭였다.

고텐바를 경유해서 후지 산 스카이라인에 들어섰다. 고도가 높아지고 길이 구불구불해지자 키도 씨가 눈을 떴다.

"어디야, 여긴?"

"후지 산 삼부능선 부근이에요."

핸들을 잡은 사카모토가 말했다.

"지금 몇시지?"

"다섯시 반쯤 됐어요."

잠시 후에 신(新) 오부능선에 도착해, 주차장에 차를 댔다. 엔진을 끄자 갑자기 정적이 찾아왔다.

이곳의 표고는 이천사백 미터라고 한다. 밖에 나가자 예상했던 것보다 기온이 낮아서 놀랐다. 주위는 이미 밝아오고 있었다.

"우~" 키도 씨는 신음하면서 종종걸음으로 나아갔다. "춥다, 추워."

우리는 기지개를 켜면서 키도 씨의 뒤를 쫓았다.

먼저 주차장 가장자리까지 간 키도 씨가, "오오!" 하고 크게 소리쳤다. "오오!"

"굉장해!"

키도 씨는 앞을 보면서 소리쳤다.

우리는 키도 씨 곁으로 달려갔다. 키도 씨의 시선 끝에는, 절경이 펼쳐져 있었다.

"오오!"

운해. 전방은 온통 구름의 바다였다. 융단처럼 밀집한 구름이 끝없이 이어지고, 그 위에 태양이 드러나 있다. 눈앞에는 하늘과 태양과 구름밖에 없었다.

우리는 나란히, 그 광경 앞에 섰다.

"굉장해……" 사카모토는 말했다.

태양이 구름을 붉게 물들이고 있다. 가로로 길게 뻗친 구름은 천천히 흘러갔다.

"굉장하네." 나는 말했다. 지금까지 이야기나 사진 같은 걸 통해 알고 있던 운해라는 것은 얼마나 보잘것없는 것이었던가.

"이건 굉장해." 키도 씨가 흥분한 듯 외쳤다.

"무덤까지 가지고 갈 수 있겠어."

키도 씨의 주장만이 이 광경과 맞설 수 있다는 기분이 들었다.

우리는 자리에 앉아서, 그 광경을 계속 감상했다.

오래 전부터 이 사람을 좋아했었구나, 하고 나는 생각했다. 그리 큰 소리로 할 말은 아니지만, 실은 아주 좋아합니다, 키도 씨.

태양은 조금씩 고도를 높여갔다.

"나는 지금, 확실히 알았어."

키도 씨는 똑바로 앞을 바라보면서 말했다.

"나는 이미, 전성기를 지났어."

감동적인 이 광경을 향해, 키도 씨는 말을 토해냈다.

"무엇을 하더라도 다 성공한다, 그럭저럭 만족할 수 있다,

그런 시기는 이미 끝난 거야. 그런 것도 깨닫지 못하고 지금까지 너무나 절제 없이 살아왔어."

구름은 계속해서 모양을 바꾸며 천천히 흘러간다.

"너희는 지금 그런 전성기에 있는 거야. 하지만, 내가 하나 충고해주지. 그런 것은 언젠가 끝나."

태양의 붉은 기운이 엷어짐에 따라, 구름의 윤곽이 보다 뚜렷해졌다.

"사카모토," 키도 씨는 말했다. "밋치는 이제 잊어버려. 얼른 여자친구를 만들어. 그리고 공부도 해."

"예." 사카모토는 대답했다.

"오노," 하고 키도 씨는 나를 보았다.

"너는 어떡할래? 넌 나를 이겨버렸다구."

나는 아무 대답도 할 수 없었다. 대신에 "키도 씨는 어떡하실 건가요?" 하고 작은 목소리로 물었다.

"나는 한동안 땅속에 숨어 있을 거야. 하지만, 언젠가 반드시 밖으로 나올 거야. 그때가 되면 나는 다시 소리칠 거다. 그러니까, 알겠나? 당분간 우리집에는 오지 마."

키도 씨는 태양을 바라보면서 말했다.

"당분간이면 언제까지요?" 사카모토가 물었다.

"그건 내가 정할 문제가 아니잖아."

눈앞에 있는 구름이 언제나 우리가 올려다보고 있는 그 구름과 같은 것이라고는 좀체 믿기 힘들었다. 구름 위는 항상 이렇게 맑게 개어 있었던 것이다. 언제나, 이렇게 맑게 개어 있었던 것이다.

"여기서부터는 너희끼리 올라가." 키도 씨는 말했다.

"나는 여기서 기다릴게."

하늘에서 눈을 떼지 않고, 키도 씨는 말했다.

◇

"나 참, 진짜 제멋대로라니까……"

사카모토가 말했다.

우리는 둘이서 산 정상을 향해 걷기 시작했다. 올려다본 후지 산은 온통 새까매서 기분이 나빴지만, 정상은 의외로 가까워 보였다.

오르기 시작한 지 아직 십 분 정도밖에 되지 않았는데 사카모토는 벌써 헉헉거리며 숨을 내쉬고 있었다. 휴식을 많이 취하는 게 좋아, 하고 그는 심각한 얼굴로 주장했다. 안 그러면 고산병에 걸린다니까.

호들갑스런 녀석이네, 하고 생각했지만, 얼마 안 있어 나도 힘들어졌다.

등산로에는 우리 외에 아무도 없었다. 우리의 발소리와 숨소리만이 들리는 전부였다. 아까까지는 그렇게나 맑았는데 부근은 이미 가스에 덮여 있다. 정상까지는 앞으로 얼마나 남았을까……

한 걸음 한 걸음 내디디면서, 나는 키도 씨의 물음을 반추했다. 키도 씨를 이겨버린 이상 나는 각오를 다질 필요가 있었다.

하지만 무슨 각오를? 나는 생각했다.

'각오'라는 말은 기분좋게 몸속 깊이 자리잡는다. 그것만으로도 무언가를 다 이룬 기분이 드는 것 같다. 하지만 그런 것이 아니다. 어떤 것의 옳고 그름을 가리지도 않고 그런 말을 써서는 안 된다. 모르겠어, 나는 생각했다. 키도 씨, 저는 모르겠어요.

그대로 오십 분 정도 올라, 우리는 육부능선에 도착했다.

'낙석 및 빙결로 인해 산 정상까지 통행금지'

하지만 육부능선에 있었던 것은, 그렇게 씌어 있는 통행

112

금지 간판이었다.

"……후지 산을 얕봤구나."

사카모토는 말했다.

"응."

통행금지 간판 옆을 빠져나가 더 올라가는 것도 가능했다.

"어떡할래?"

"일단 쉬자."

우리는 거기서 주저앉았다. 스스로도 깜짝 놀랄 정도로 호흡이 흐트러져 있었다. 공기가 엷어졌어, 하고 숨을 헐떡이며 사카모토가 말했다.

잠시 있자 아래쪽에서 세 명의 등산가가 올라왔다. 본격 등산대 같은 느낌의 그들은 우리와 달리 선 채로 휴식을 취했다. 위에서 아래까지 스키복 같은 풀 장비를 갖추고, 커다란 류색을 메고, 손에는 스틱까지 쥐고 있다.

사카모토가 그들에게 다가갔다. 뭔가 친근하게 이야기를 나누고, 마지막에는 인사를 하고 돌아왔다.

휴식을 끝낸 그들은 우리에게 손을 흔들고 통행금지 간판 옆을 지나쳐 올라갔다.

"……정상까지 여섯 시간은 걸린대."

그들의 뒷모습을 바라보며 사카모토는 말했다.

기본적으로 지금 시즌은 숙련된 등산가밖에 오르지 않는 모양이었다. 산장도 닫혀 있기 때문에 물과 식료품은 따로 준비해야 한다. 동결된 바위 표면을 록클라이밍처럼 오르는 일도 있다고 한다.

"여기서 물러서야겠네." 사카모토는 말했다.

"키도 씨는 오부능선, 나와 사카모토는 육부능선에서 멈췄단 얘긴가."

"그러네. 하지만 우리는 아직 이 정도라도 괜찮지 않을까?"

사카모토는 청바지에 다운재킷을 입고 운동화를 신고 있었다.

나도 거의 비슷한 차림에 목에 머플러를 감고 있었다.

"다음에 또 오자." 사카모토는 웃으면서 말했다.

그리고 일주일이 지났다.

나와 그녀는 평소처럼 데이트를 했다.

114

"오랜만이야."

시간에 맞춰 도착한 그녀가 웃었다. 그녀와 만나는 것은 이
주일 만이었는데, 확실히 오랜만이라는 말이 잘 어울렸다.

우리는 예정대로 영화를 보고 밥을 먹었다. 그 뒤에 손을
맞잡고 산책을 했다. 밤의 운하를 따라서 걷다가 벤치에 앉
았다.

주위에 아무도 없다는 것을 나는 재빨리 확인했다. 우리
는 느긋하게 키스를 나누었다.

말랑말랑하고 부드러운 그녀의 입술을, 나는 좋아했다.

바람이 그녀의 앞머리를 흔들어 나의 관자놀이를 간질인
다. 평소대로 황금의 타이밍에, 우리는 천천히 얼굴을 뗀다.
후후후후, 하고 그녀는 웃었다.

"들켰어."

"누구한테?"

"달님한테."

올려다보자, 커다란 달이 떠 있었다.

달이 지켜보는 가운데 우리는 다시 한번 키스를 했다. 이
번에는 짧게.

발밑에서 물가를 때리는 물소리가 들려왔다. 맞은편 해안

에 서 있는 빌딩의 불빛이 수면 위로 떨어진다.

다음달이면 벌써 12월이다. 조금 차가워진 바람을 맞으면서, 우리는 운하를 바라보았다.

멀리서 첨벙, 하는 소리가 났다. 눈길을 주니 수면이 조금 흐트러져 있다. 잠시 있자 다시 같은 소리가 났다. 반짝이는 물고기의 모습이 어슴푸레한 빛에 흘끗 비쳐 보였다.

"뭘까?"

그녀가 물었다.

"숭어가 뛰는 걸 거야, 아마도."

우리는 가능한 한 시야를 넓게 잡으며 수면을 관찰했다. 잠시 기다리자 기대대로 숭어가 튀어올랐다가, 퐁당, 하고 물속으로 들어갔다. 그러자 금방 또다른 장소에서 숭어가 뛰었다. 이번에는 두 군데서 동시에 첨벙첨벙 하는 소리가 났다.

"어라." 그녀는 소리를 냈다.

"왜? 왜 이렇게 뛰는 거지?"

"보름달이니까." 나는 말했다.

"보름달 밤이면, 숭어가 뛰거든."

그녀는 기쁜 표정으로 나를 보았다. 보름달 아래, 나를 바라보는 그녀는 아주 귀여웠다.

그때 갑자기 생각난 것을, 나는 이곳에 적어두기로 했다.

그것은 나의 의지나 각오 따위와는 전혀 관계없는 단순한 실감이었다. 아주 기분이 좋고, 달짝지근하며, 다정한 실감 이었다. 그것은 갑자기 나에게 내려왔지만, 놀랄 정도로 자 연스럽게 몸에 배어들었다.

— 애정을 키워가고 싶다고 소망하는 것.

우리 애정의 교환에는 골인 지점 같은 것은 없고, 옳고 그 름을 가리는 일 따위도 없다. 그것은 가만히 키워가는 것. 얻 는 애정도 받는 애정도, 그런 것 없이, 그저 조심스레 키워가 고 싶다고 소망하는 것. 그렇게 기도하는 마음.

그런 것이 나에게 내려왔을 때, 나는 거짓말 같았다. 그런 것이 있을 리 없다고 생각했다. 하지만, 그것 말고 무엇이 있 을까, 하는 생각도 들었다.

조금씩, 조금씩, 소중히 키워서. 크게 되는 것이 아니라고 해도, 농밀해지는 것이 아니라고 해도. 그저 계속 키우고, 키 워가는 것. 그런 바람을 계속 간직하는 것만이 애정의 교환 이 아닐까 하고, 그때 나는 느끼고 있었다.

이 세상을 돌고 도는 기브 앤 테이크의 고리 속에서, 나는 앞으로도 뭔가를 이루려고 하겠지. 아무리 조심스럽게 행동해도, 아무리 신중하려 노력해도, 나의 태만이나 욕망은 누군가를 상처 입혀버리겠지. 나는 몇 번이나, 스스로에게 실망하겠지.

'하지만' 인지 '그러니까' 인지는 알 수 없다. 언제까지나 기억해두고 싶다고, 나는 바랐다. 둥근 보름달 아래, 그녀를 통해 내려온 포근한 실감을 영원히 기억하고 싶다고, 나는 바라고 있었다.

다시 한 주가 시작되고 화요일이 되었다.

키도 씨 집에 갔다 올게, 하고 나는 사카모토에게 말했다.

사카모토는 자기도 가겠다고 말했지만 나는 혼자 가겠다고 주장했다. 너는 밋치를 잊으란 소릴 들었으니까 그걸 완수하고 나서 가는 편이 좋지 않겠나, 하고.

"그것 말인데 말이야." 사카모토는 말했다.

"실은 나, 요즘엔 히구치가 괜찮지 않을까 하는 생각이 들어."

아아, 하고 나는 생각했다.

히구치는 그냥 생각하면 이이즈카보다도 상당히 미인이
다. 과에서도 제일 인기가 있다.

"상당히 괜찮은 것 같아, 히구치는."

사카모토는 유들유들하게 그런 말을 하다가, "하지만 말
이지" 하고 외로워 보이는 표정을 지었다.

"솔직히 말하면, 역시 이이즈카 쪽이 딱 좋아."

"……그건 알고 있어." 나는 말했다.

"뭐, 하지만 오늘은 나 혼자 갈게. 어차피 네가 있으면 키
도 씨는 더 제멋대로 구니까 한동안 안 가는 편이 좋을 거야."

"그러려나." 사카모토는 말했다. "알았어. 싸우지는 마."

"응."

밤이 되고 나서, 나는 키도 씨의 집으로 향했다.

슈퍼 대신 편의점에 들렀다가, 육교를 건넜다. 오늘은 사
카모토가 없으니 전골도 없다. 운송회사 앞을 건너고 커다란
나무 옆을 지나서 문 앞에 섰다.

노크를 하고 "키도 씨" 하고 큰 소리로 불렀다. 문은 잠시

기다리자 열렸다.

얼굴을 내민 키도 씨가 나를 빤히 쳐다보았다.

"……뭐야, 벌써 왔냐."

이 사람하고 만나는 것은 그다지 오랜만이란 느낌이 들지 않는다.

"술이라도 마시죠."

나는 방으로 들어갔다.

"오늘은 전골 없어요."

사온 마른오징어를 앉은뱅이 탁자 위에 내려놓는다.

"……그래." 키도 씨는 오징어를 바라보았다.

"뭐, 우리의 전골은 사카모토밖에 만들 수 없으니까."

키도 씨가 컵을 두 개 가져왔다.

우리는 오징어를 씹으면서 꿀깍꿀깍 술을 마시기 시작했다. 둘이 마주 앉아 마시려니 어쩐지 별로 맛이 없었다.

"그후로 좀 어떤가요? 땅속에서 조금 나오셨어요? 방 청소는 안 하신 것 같은데."

나는 방을 둘러보았다. 결국 이 사람은 사카모토가 없으면 청소 하나 할 수 없는 것이다.

"바보구나, 넌." 키도 씨는 말했다.

"새롭게 결심했다 한들 그렇게 쉽게 뭔가가 바뀔 리 없잖아."

"알아요. 이제부터라구요, 키도 씨."

"시끄러워."

키도 씨는 꿀꺽 하고 술을 마셨다.

"하지만 너, 놀라지 마라."

키도 씨는 씩 웃었다.

"나 말이다, 후지 산에서 한 대 피운 후로 아직 담배를 안 피우고 있다고."

"……금연인가요." 나는 말했다.

"왜 그러는데."

"아뇨, 그건 굉장히 좋은 시도라고 생각해요."

"건방지게 무슨 소릴 하는 거야. 어쨌든 나는, 너 따위에게 질 수 없어."

"하지만 스모는 꽤 실력 차가 나던데요."

"종이 한 장 차이였잖아."

"뭐, 도전이라면 언제라도 받겠어요. 사카모토에게 심판을 봐달라고 하죠."

나는 키도 씨의 컵에 위스키를 따랐다.

"그놈은 말이지~" 키도 씨는 풋, 하고 웃었다.

"그 녀석 그때, 안경을 벗고 소리쳤지?"

"벗었죠." 나도 조금 웃었다.

처음에는 홀짝홀짝 마셨지만, 마시는 중에 점점 페이스가 올라갔다. 우리는 서로 위스키를 따라주고 꿀꺽꿀꺽 마셨다. 왠지 모르겠지만, 아주 굉장한 기세로 마시고 있었다.

잔뜩 취한 키도 씨가 마른오징어를 바닥에 내동댕이쳤다.

"던지지 마요." 나는 말했다.

전골, 전골, 전골, 전골, 전골, 전골, 키도 씨는 소란스럽게 외쳐댔다.

"오징어 따윈 필요 없어, 우리에게는 전골이 필요해!"

"오늘은 없다고 말했잖아요."

"아아~ 사카모토~"

키도 씨는 바닥에 깔려 있는 이불에 얼굴을 묻고, 조금 지나 큭큭 웃기 시작했다.

"그놈은 말이지~" 얼굴이 새빨갛게 물든 채, 키도 씨는 말했다. "그 녀석은 그때 인정을 빗있어."

우리는 웃음을 터뜨렸다.

"그 녀석은 나의 소중한 친구야." 키도 씨는 말했다.

"무슨 소리 하는 거예요. 바보 아녜요?"

"왜냐하면 말이지, 그 녀석, 안경을 벗었다고."

우리는 께께께 웃으며 바닥을 굴렀다. 안경, 안경, 하고 말하면서 꿀꺽꿀꺽 술을 마셨다. 뭣 때문인지는 몰라도 배꼽을 잡을 정도로 우스웠다. 안경이란 단어 하나로 세 잔은 마실 수 있었다.

그러던 중에 위스키 병이 비어버렸다. 비틀비틀 창가로 걸어간 키도 씨가 "어이, 오노!" 하고 큰 소리로 말했다.

"놀라지 마라. 술이 떨어졌다."

키도 씨는 심히 놀란 표정이었다.

"이건, 어떤 계시일지도 몰라."

"관계없는 거 같은데요."

"아냐…… 새로운 결심을 했더니, 이렇게 됐잖아."

키도 씨는 바닥에 푹 주저앉아 뭔가를 중얼거리기 시작했다.

"알았다!" 이 사람은 외쳤다.

"네가 오늘 온 이유는, 이거였던 거야."

그 말은 어쩐지 깜짝 놀랄 만큼 나의 가슴을 울렸다.

이 사람은 이렇게 뛰어넘으려 하는 거구나. 그것은 아주

키도 씨답고 멋진 방법이다. 그렇게 생각했더니 가슴이 조금
뜨거워졌다.

"하지만 말이다~" 이 사람은 한심한 목소리로 말했다.

"어쩔 거냐고. 술이 떨어져버렸어."

바닥에 떨어진 오징어를 주워 먹으면서 키도 씨는 말했다.

"사오면 되잖아요."

"사온다니, 야, 벌써 새벽 세시가 넘었다고. 어디서 사."

"무슨 소리예요. 편의점에 가면 팔아요."

"정말이냐?"

키도 씨는 또 놀란 표정을 지었다.

"그런 것도 모르세요?"

"거짓말이지?"

"진짜예요."

전혀 믿지 않는 키도 씨를 끌고 나와 근처 편의점에 갔다.
간판에는 똑똑히 '술'이라고 씌어 있고, 선반에는 당연하다는
듯 술이 진열되어 있었다. 손님은 우리 외에 아무도 없었다.

"야, 오느."

웃음을 참으면서, 키도 씨는 말했다.

"굉장해. 정말로 팔고 있어."

그러니까 처음부터 그렇게 말했잖아, 하고 생각하면서도 나도 괜히 웃음이 나오기 시작했다. 이런 밤중에 술이 팔리고 있는 것은, 분명 우스운 일일지도 모른다.

키도 씨가 "야, 야" 하고 소리를 죽이며, 손짓했다.

"복어 술, 복어 술이래."

그곳에는 컵 모양의 복어 술이 쌓여 있었다. 표면에 복어 그림이 그려진 라벨이 붙어 있다.

"사, 사백 엔. 사백 엔이래."

우리는 참지 못하고 웃음을 터뜨렸다. 점원은 우리를 경계하면서도 무관심한 눈치였다.

1.5리터들이 종이팩에 든 일본주를 골라서, 카운터로 가져갔다.

"어, 어이."

키도 씨가 뒤에서 실실 웃으며 말했다.

"데워달라고 해."

"바보예요?" 나는 숨을 뿜어버렸다.

점원은 무표정하게 영수증과 거스름돈을 내밀었다. 너 따위는 모를 거다. 웃음을 참으면서 생각했다. 하지만 사실은 폐를 끼쳐서 죄송합니다. 그렇게 생각하니 다시 웃음이 밀려

올라왔다.

우리는 어깨동무를 하고 방에 돌아와서 다시 술을 마시기 시작했다. 하지만 얼마 안 있어 저항할 수 없는 한계가 밀고 들어왔다.

우스움을 초월할 정도로 머릿속이 빙글빙글 돌았다. 옆에서 키도 씨가 떠들어대고 있지만 무슨 말인지 전혀 알아들을 수 없었다. 졸음에 빠졌다가는 어렴풋이 깨고, 다시 잠들었다가는 살짝 깼다. 깜빡이는 의식 속에서 어쩐지 모르게, 딱한 가지 꽉 움켜쥐듯이 생각하던 것이 있었다.

—그녀에게 전화를 해야 하는데. 이미 수요일이 되어버렸지만. 이런 시간에 깨어 있을 리가 없지만. 하지만 전화를 해야 하는데. 전화……

나는 아직 아무것도 그녀에게 이야기하지 않은 듯한 기분이 들었다. 내가 얻은 실감에 대한 것. 키도 씨와 후지 산에 올랐던 것. 여기서부터는 너희끼리 올라가, 라는 소리를 들은 것. 그것뿐만이 아니다. 나는 아직, 아무것도 그녀에게 말하지 않은 듯한 기분이 들었다.

이야기해야 하는데, 하고 나는 생각했다. 사카모토가 안경을 벗은 것. 내가 오늘 이곳에 온 이유. 복어 술이 사백 엔이었던 것. 무뚝뚝한 편의점 직원 따위는 알 수 없는 것. 이야기해야 하는데, 말해야 하는데. 그렇게 생각하면서, 그것만을 꽉 쥐고서, 흐려져가는 의식과 싸우고 있었다.

봄방학

지금 돌아보면, 그 무렵엔 왜 그렇게 들떠 있었을까 하는 의문이 든다.

중학생이었던 나는 카나리아 같은 여자와 버섯돌이 같은 남자들에게 둘러싸여서, 마구 떠들며 하루하루를 보냈다.

계절이나 날씨에 관계없이 우리 카나리아 군단은 쉬지 않고 시끄럽게 재잘댄다. 추워추워추워, 하고 카나리아B가 말하면 열이 있어, 얘 열이 있어, 하고 카나리아A가 호들갑을 떤다. 춥지만 더워, 하고 역설하는 카나리아D의 옆에서, 안녕 프랑스의 마지막 여왕님, 하고 카나리아C가 외친다. 활달하고 기관총 같은 여중생은 햄스터의 쳇바퀴처럼 고속회전을 계속했다.

쉬는 시간이 되면 우리는 교실 구석에 모였다. 어떤 때는 사회 선생님의 이마가 반짝였다고 웃음을 터뜨리고, 어떤 때는 오늘은 비가 오니까 빛나지 않았다며 또 바보처럼 웃었다. 그것은 이윽고 '이마 반짝 점(占)'이라는 것으로까지 발전했다.

어느 날, 어딘가에서 마에다 군의 연애 소문이 흘러들어 왔다.

마에다 군은 다카야마를 상당히 좋아하는 모양이었다. 다카야마의 속마음은 잘 알 수 없었지만 아무래도 그리 싫은 것만은 아닌 눈치였다. 그러고 보면 두 사람은 잘 어울리잖아, 하는 데까지 이야기가 진전되었을 때 카나리아A(나)는, 이럴 땐 점을 봐야지! 하고 외쳤다. 당연히 점이지, 하고 카나리아C가 동의하고, 점밖에 없네, 하고 카나리아B가 고개를 주억거렸다. 점 보자 점 보자 점 보자 점 보자, 하고 카나리아D가 연발했다.

반짝이면 연애 성취! 반짝이지 않으면 연애 끝장!

그렇게 두 사람의 연애는 사회 수업으로 겹쳐지게 되었다. 카나리아 군단의 멤버들은 기대로 가슴이 부풀어 교사의 앞이마에 열띤 시선을 보냈다.

하지만 그 뒤 우리는 완전히 실망해버렸다. 중요한 때인데도 사회 선생님의 이마는 전혀 반짝이지 않았다. 선생님은 '서원조(書院造)'라는 주거양식이 무로마치 시대에 널리 퍼졌다는 부분을, 이마를 반짝이지 않고 해설해나갔다.

—이 양식은 현재 일본식 주거의 기초가 되었습니다.

—여러분 집에는 다다미방이 있습니까?

—그것은 한 단 높이 만들어져 있습니까?

—도코노마*가 있는 집도 있을 텐데요.

사회 선생님은 우리를 둘러보며 이야기를 계속했다.

—그런 것도 이 서원조가 원류입니다.

이렇게 중요한 때에, 이 사람은 무슨 소릴 하는 거람⋯⋯

나는 한숨을 쉬며 바깥을 바라보았다.

구름 사이로 태양이 얼굴을 내밀었다가, 잠시 뒤에 다시 구름 저편으로 사라진다. 빛이 비치면 얼굴 표면이 따스한 열을 띠는 것을 느낄 수 있다.

배고파. 나는 생각했다. 종반에 접어든 4교시 수업은 이제 지루하기만 할 뿐, 공복과 지루함은 이윽고 졸음으로 변해가

---

* 방 한켠에 만들어두는 일본 전통식 장식공간.

기 시작했다.

하지만 B에게서 전달된 쪽지가, 나의 졸음을 날려버렸다.

반짝였어 ♪

고개를 들어 교단에 눈길을 주니, 선생님의 앞이마가 반짝 빛나고 있었다.

흐린 뒤 갬. 마에다 군과 다카야마의 연애를 축복하듯이, 그것은 멋지게 빛나고 있었다. 교실 중앙에서는 C와 D가 교과서로 얼굴을 가리고 웃음을 참고 있다.

참으려고 한다고 참을 수 있는 것은 아니지만, 어쨌든 나도 필사적으로 웃음을 참았다. 마음속으로는 바닥을 굴러다니면서, 좋아! 하고 생각했다. 나는 이 선생님이 아주 좋아졌다. 선생님은 반짝이는 것으로 우리의 앞길을 밝혀주었던 것이다.

─이 시대에는 현대까지 이어지는 일본의 독자적인 문화가 많이 발전했습니다.

반짝인 것과는 관계없이 기타야마 문화의 설명은 이어지고 있었다. 얼마나 훌륭한 선생님인가. 교과서로 얼굴을 가리면서 나는 진심으로 그렇게 생각했다. 〈스승의 은혜〉라는 노래는 이런 사람을 위해 있는 노래다.

선생님은 우리를 둘러보며 말을 맺었다.

— 엷은 색을 사용한 수묵화도 그중 하나라고 할 수 있습니다.

'반짝이면 연애 성취'였음에도, 마에다 군과 다카야마의 연애는 그 이상 발전하지 않았다. 하지만 그것은 우리에게 의외로 별 상관없는 일이었다.

어느 때는 또 T선배의 머리 모양이 바뀌었다는 소문이 흘렀다.

축구부의 T선배(3학년 남자)는 당시 우리 중학교가 자랑하는 최고의 스타였다. 카나리아 군단은 함께 복도를 걸어서 선배의 새로운 머리를 견학하러 갔다. 소풍 가는 기분이었다.

어울리지 않아, 지난번이 나아, 안 어울려, 하고 복도에서 몰래 속삭이고 있다가, 쇼지 선배(3학년 여자)의 강렬한 시선을 받고 군단은 뛰어서 교실로 도망쳤다.

무서워~ 하며 우는 시늉을 하는 카나리아D를 향해, 나는 눈을 왼쪽으로 홱 째려보며 쇼지 선배의 흉내를 냈다. 무서워 무서워 무서워 무서워~ 하고 D는 한바탕 웃고, 뭐야뭐야뭐야, 하며 버섯돌이들이 몰려들었다. 버섯돌이의 등을 툭탁툭탁 때리고 걷어차면서, 활기찬 카나리아들은 원을 이루어 계속 떠들어댔다. 사실은 T선배의 머리 모양 따위는 어떻게 되든 관심 없었다. 학교 제일의 스타라고 해봤자, 어차피 근본은 버섯돌이다.

이윽고 선배라는 사람들이 학교에서 없어진 후에도 우리는 여전히 혼돈 속의 스쿨 데이즈를 보내고 있었다. 동급생 버섯돌이를 보고 하급생들이 꺅꺅거리는 것을 이상하게 생각하면서.

한번은 복도에서 교실 안을 엿보고 있는 하급생(1학년 여자) 둘을 발견하고는, 군단에게 신호를 보내 일제히 추억의 쇼지 선배 흉내를 내보았다.

쇼지A가 나타났다. 쇼지B가 나타났다. 쇼지C가 나타났다. 쇼지D가 나타났다.

네 명의 쇼지 선배와 눈이 맞은 두 명의 하급생은 움찔하는 표정을 짓더니, 꾸벅 인사를 하고서 자리를 떴다. 인사를 했다는 것이 우리와 달랐다. 요즘 젊은 애들은 예의가 바르구나, 하고 웃으면서 쇼지B가 말했다.

젊은 애들은 3학년이 되었을 때 우리를 어떻게 기억해줄까. 나는 아무도 없는 복도를 바라보면서 생각했다.

떠올리고서 흉내를 내주면 기쁘겠다고 생각했다. 쇼지 선배의 혼. 그것은 우리의 모교에 연면히 이어져 내려간다.

겨울이 오고 입시가 시작되었다.

대단한 성공도 없었지만, 대단한 실패도 없었다. 카나리아와 버섯돌이들은 각자 무사히 진로를 결정하고 졸업의 날을 맞았다.

나는 졸업식날 정도는 센티멘털하게 가자, 하고 마음먹고 있었다. 하지만 졸업생 답사에서 그것도 허무하게 끝나버렸다. 인사를 한 남자가 우리는 모두, 라고 말했던 것이다.

당시 그 말에 민감했던 나는, 모두는 누구야, 싸잡아서 생각하지 마, 하며 마음속으로 욕설을 퍼부었다. 그리고 이런 것을 분개라고 하는구나, 하고 생각했다. 실제로 나는 대단히 분개하고 있었다. 그리고 잃어버린 물건이 떠오른 듯 분개라는 말에서 생각이 멈췄다.

분개?

분개. 그 말은 빵 생지처럼 부풀어올라 마음속을 휘저었다. 분개라는 말과 교복 차림의 내가 분개하고 있는 모습을 합쳐보니 더이상 견딜 수 없었다. 분개? 예스, 분개. 그것은 맹렬한 우스움이 되어 나의 마음을 간질였다. 분개! 강당에 가득 찬 센티멘털 속에서 나는 혼자서 필사적으로 웃음을 참았다. 분개!

하지만 식이 끝나고 교정에 나가자 B와 C와 D가 엉엉 울고 있어서, 나도 조금은 울 것 같은 기분이 되었다. 3월의 교정은 바람도 없이 따스했다.

오 년이나, 십 년 정도가 지나고…… 나는 뭉클해진 마음으로 생각했다. 언젠가 우리가 재회하는 일이 있다면…… B와 C와 D를 끌어안으면서 나는 생각했다.

그때는 모두 함께 쇼지 선배의 흉내를 내자…… 그 무렵 카나리아였던 우리는…… 사히 선생님이 이마가 반짝거리는지 아닌지로 인생의 소중한 것을 결정하곤 했던 거야…… 그러니까 우리는 괜찮을 거야…… 앞으로 무슨 일이 있더라도 걱정할 것은 아무것도 없어…… 우리는 언제라도 괜찮겠지…… 괜찮을 거야…… 라고.

봄방학. 나는 졸업 전에 약속한 대로 카나리아와 버섯돌이들과 함께 유원지에 갔다. 어쩐지 둥실둥실 떠 있는 느낌의 옛날 프랑스 영화를 보는 기분이었다.

그 이외의 날들은 대개 툇마루에서 햇볕을 쪼이면서 멍하니 시간을 보냈다. 그러고 있다보면 봄방학 같은 건 금방 끝나버릴 것 같았다.

너무 소란스러웠던 중학교 생활을 보내고 나자, 나에게 어떤 예감이 다가왔다. 따뜻한 툇마루에 고양이처럼 누워 나는 그 예감에 대해 골똘히 생각했다.

이런 것은 이제 끝이다……

근거 없는 그 예감은 아무런 구체성도 띠지 못했지만, 봄햇살처럼 따사롭게, 하지만 확실히 나를 데워주고 있었다.

하나의 계절이 내 안을 지나갔다. 이런 것은 분명히 이제 끝난 것이다. 계속될 리 없는 것이다.

복숭아 주스를 마시면서, 나는 멍하니 생각했다.

◇

고등학교는 전철을 타고 혼자서 다녔다.

처음에는 단지 시작하는 방법의 문제였을 것이다. 나는 쿨하게 행동하려고 했다. 탐색전의 계절은 얼마 안 있어 끝난다. 그때까지는 어떻게든 침착하고 쿨하게 나가자, 하고.

고등학교에 들어갔으니까 남자친구도 만들어야 하고, 공부도 해야 한다. 언제까지나 주위 여자아이들에게 재미있는 아이로 떠받들어지고 있을 상황은 아니었다.

하지만, 쿨하게 행동하는 것은 생각보다 몸에 금방 배는 작업이었다.

탐색전의 계절이 지나도 나는 계속 쿨하게 행동했다. 여름방학이 끝나고, 찬바람이 불고, 인플루엔자 예방접종을 받아도, 나는 여전히 쿨한 상태였다.

각도를 바꿔서 세상을 보자, 신나게 재잘거릴 만한 일은 아무것도 일어나지 않았다. 푹 빠질 만한 남자도 없고, 맑은 날에 반짝거리는 앞이마도 없다. 빛의 반사는 우연한 각도의 문제다.

생각해보니 세상은 그렇게까지 재미있고 우스운 것이 아

니었다. 서 있는 위치를 한 걸음 바꿔보는 것만으로, 나는 계속 쿨한 사람이 될 수 있었다.

지금 와서 생각하는 것이지만, 이것은 말하자면 '가장 다정한 사람은 가장 차가워질 수도 있다'는 그런 예일지도 모르고, 혹은 한 끼에 닭을 몇 마리나 먹어치우는 흉악한 프로레슬러가 집에서는 애기야, 라고 불리는 사례의 하나일지도 모른다. 하지만 사춘기란 쿨한가 뜨거운가 하는 차이가 아니라, 아마도 그 편차를 가리키는 게 아닐까.

나는 아침에 일어나면 양치질을 하고, 시간이 되면 학교로 향했다.

1교시가 끝나면 2교시가 시작되고, 2교시가 끝나면 3교시가 시작된다. 4교시가 끝나면 점심시간이 되고, 점심시간이 끝나면 5교시가 시작된다. 모든 수업이 끝나면, 체육관 옆에 있는 궁도부로 향한다.

가장 쿨한 부활동으로, 나는 궁도부를 선택했다. 별자리도 사수자리니까 딱 좋다고도 생각했다.

부실에서 교복을 벗고 하얀 목면 궁도복으로 갈아입는다. 도복을 입고 띠를 매자 그럴듯한 기분이 되었다. 기지개를 켜고 사뿐사뿐 걸어서 궁도장 한가운데에 선다.

사술은 사법팔절(射法八節)에 의해 이루어진다. 발자세 →몸가짐→화살 끼우기→거궁(擧弓)→당김→조준→ 이시(離矢)→잔심(殘心) 혹은 잔신(殘身). 담담한 평상심 과 부동심으로, 그것들을 하나하나 올바르게, 일관된 흐름 으로 행한다.

하루의 마무리를 겸해 나는 번뜩하고 과녁을 노려본다. 등 을 쭉 펴고, 숨을 크게 들이쉬고, 좌우의 균형을 맞춘다. 자세 를 유지하며 활시위를 당기고, 기력을 단전으로 내려보낸다 (그렇게 상상한다). 활에 화살을 걸고, 천천히 잡아당긴다.

나와 화살, 그리고 과녁. 분리된 세 가지 개념을 머릿속에 한데 모으고, 하나의 우주로 이해한다. 혼연히 섞인 세 가지 가 일체가 되는 순간 그 찰나를 판단하고, 냉정하게, 정확하 게, 과감하게, 나는 화살을 발사한다.

휘유우우우우우.

바람을 가르며 날아간 화살이 텅, 하고 과녁에 박힌다. 활 은 본디 모양으로 돌아오고, 현의 소리는 줄어든다.

— 저준.

그때 나는 고요한 마음으로, 잔심(잔신)이라고 불리는 포 즈를 취한다. 화살의 궤도를 마음에 남기며 몸의 구석구석까지 그것을 스며들게 한다.

나는 궁도를 사랑했다. 공간을 가르며 나아가는 화살의 궤도를, 그때의 공기의 떨림이나 소리나 스며드는 잔심을, 사랑하고 있었다. 사법팔절에 동화한 몸과 마음의 상태가 아주 아름답고 평온하게 느껴졌다. 전직 카나리아A는 지금, 궁도를 체현하기 위해 등을 곧게 펴고 있다.

그 무렵의 나는, 선생님의 이마가 반짝이든 선배의 머리 모양이 바뀌든 더이상 소리를 내며 웃는 일은 없었다. 이따금 재미있는 일이 일어나면 입꼬리를 조금만 올리고 씩, 웃었다. 더욱 재미있는 일이 생기면 히죽, 웃었다.

새로운 친구들은 그런 나를 귀중한 존재로 존중해주었다.

그녀들 역시 기본적으로는 원을 이루면서 논스톱으로 계속 재잘거렸다. 나는 그녀들의 수다를 가만히 들으면서, 줄곧 자신이 던져야 할 코멘트를 생각했다.

하지만 그 코멘트를 음성으로 발하는 것은 드물었다. 고등학교의 카나리아들에게도 수다 떨 화제들은 무진장 많아서, 이야기가 끊어지는 일이 없는 것이다.

드물게 수다가 끊어질 때가 있었다. 빈도로 말하자면 하루에 두 번 있을까 말까 한 정도로 일어난다. 그 순간을 포착하고, 나는 공들인 코멘트를 던졌다. 그것은 생각했던 것보다 훨씬 궁도에 가까운 것이었다.

내가 던진 코멘트에, 친구들은 일제히 깜짝 놀란 표정을 짓는다.

—적중.

친구들의 표정은 그 뒤에, 조금 감탄한 모습으로 변화해간다.

—잔심.

그녀들은 기억났다는 듯이, 그러네~ 하고 말하고, 또 새로운 화제로 옮겨갔다. 나는 조용히 숨을 들이쉬고, 자신이 던진 말을 마음속에서 반추한다. 꽤 멋진 소리를 했구나, 하고 혼자서 만족한다. 친구들은 모두 톡톡 튀는 콩처럼 귀여웠다.

고등학교 삼 년간, 나는 진정한 쿨함을 몸에 익혔다.

아마도 내 안의 계절이 여름에서 겨울로 바뀐 걸 거야, 하고 생각했다.

하지만 딱 한 번, 내 기분이 정점까지 올라간 적이 있었다.

그것은 고등학교 시절 마지막의 마지막, 졸업을 코앞에 두고 있을 때의 일이었다.

이미 사립대학 시험이 시작되어 대다수의 학생들은 학교를 쉬고 있었다. 아직 시험을 보지 않은 사람도 감기에 걸리고 싶지 않다든가, 입시학원의 특강을 받는다든가, 집에서 공부한다든가 하는 이유로 쉬고 있었다.

아주 추운 날이었던 것으로 기억하고 있다. 2월의 사가미하라 시에는 그해 겨울 최고로 많은 눈이 내려, 지금까지 본 적이 없을 정도로 수북이 쌓였다.

쉬지 않고 내리는 눈을 창밖으로 바라보면서 나는 학교에 갈지 말지 고민했다. 쉰다 해도 전혀 상관없었지만, 이런 날일수록 가야 한다는 기분도 들었다. 평범한 날에 학교를 쉬는 것은 괜찮지만, 오늘 같은 날 가지 않는 것은 쿨하지 않다.

나는 집을 나와서 눈을 밟았다. 발밑에 하얀 눈이 눌려 뽀드득, 하고 갑갑한 소리를 냈다.

우중충한 하늘에 토해낸 숨은 하얬고, 거리는 조용했다. 역까지 걸어가서 전철을 타고, 개찰구를 빠져나와, 다시 걷는다. 펄펄 내리는 눈이 이따금 겨냥한 듯이 목덜미 속으로 미끄러져 들어와서 그때마다 오싹오싹 놀랐다.

학교에 도착해서 교실에 들어가자 여자아이 둘밖에 없었다. 우리는 "안녕" 하고 인사를 나누고 각자 조금씩 떨어진 자신의 자리에 앉았다. 젖은 양말이 차가워서 발끝의 감각이 없었다.

잠시 있자 한 사람이 "춥네" 하고 말했다. "응." 나는 고개를 끄덕였다. 그리고 보니 이 아이들과 이야기하는 것은 처음이구나, 하고 생각했다.

"오늘, 몇 사람이나 올까?" 다시 그 아이가 입을 열었다.

"으음." 다른 한 사람이 머뭇거리고, 나는 "일곱 사람" 하고 대답했다. 대답하면서, '7인의 사무라이'라고 생각한 것을 천천히 가슴속에 밀어넣었다. 창문 밖으로 보이는 교정은 새하얗게 변해 있고, 축구 골대의 윤곽만이 희미하게 보였다.

결국, 여자아이만 넷 모였을 즈음에 수업 종이 울렸다.

담임인 영어 선생님이 교실로 들어와서 교단에 섰다.

"이 반 남자애들은 전부 하리코*냐?"

뚱뚱한 여자 선생님은 유쾌한 듯이 우리 넷을 바라보았다. 하리코······

---

* 나무형틀에 종이를 여러 겹 붙여 말린 뒤 그 틀을 뽑아내 만든 종이 인형.

하리코는 대나무와 종이로 만들어져 있어서, 비나 눈을 맞으면 망가져버린다. 즉 그것은 눈이 내린 날에 등교하지 않은 우리 반 남자애들을 하리코에 빗댄 농담이었지만, 나는 쿨하니까 웃지 않았고, 다른 세 사람은 무슨 뜻인지 몰랐는지 역시 웃지 않았다.

선생님은 출석부를 펼치고 우리를 한 사람씩 체크했다.

이 선생님의 이름은 오하시 즈이코인데, '쥐코 선생님'이란 별명을 거쳐 지금은 '지코'라고 불리고 있었다. 지코는 교과서를 왼손에 들고 흔들흔들 몸을 앞뒤로 움직이면서 말의 맨 처음에 악센트를 붙이는 독특한 억양으로 수업을 개시했다. 수업이 아주 엄해서 모두 무서워하는 선생님이었다.

어쨌든 외우라는 것이 영어 선생님으로서의 지코의 일관된 철학이었다.

어학의 습득에 그 밖에 무엇이 있겠습니까? 말의 맨 첫머리를 강조하며, 몸을 흔들면서 지코는 말했다. ―외우세요. ―어쨌든 외우세요. ―사전을 펼치고 외우세요. ―밑줄을 치고 외우세요. ―쓰면서 외우세요. ―소리내어 읽으면서 외우세요. ―밥을 먹으면서도 외우세요.

짧게 자른 단발머리에, 뚱뚱한 여자 악당 같은 얼굴을 하고, 지코는 "외우세요"를 연호했다.

"오늘은 도서실에서 자습합니다."

출석부를 덮고 지코는 말했다.

"따라오세요."

지코를 따라 우리는 교실을 나섰다.

무거워 보이는 몸을 이상한 각도로 흔들면서, 지코는 복도 오른쪽으로 나아갔다. 우리는 새끼오리들처럼 일렬로 서서 뒤를 따랐다. 복도 밖에는 계속해서 눈이 내리고 있었다.

도서실에 들어가서 석유스토브에 불을 붙였다. 놋쇠로 된 주전자에 물을 받아 스토브 위에 올린다. 청춘 드라마에 나오는 럭비부가 사용할 법한 거대하고 두꺼운 주전자였다.

"질문이 있으면 부르세요."

지코는 그런 말을 남기고 안쪽 방에 들어가버렸다. 우리는 스토브를 둘러싸고 의자를 놓아 앉았다.

스토브의 거무스름한 창에서, 붉은 화염이 흘끗흘끗 보였다.

Soon John and his friends were picked up by a Japanese ship and were taken to Nagasaki.

(이윽고 존과 그의 동료는 일본 배에 구조되어서, 나가사키로 끌려갔다.)

나는 영어 교과서를 펼치고 예문을 바라보았다. 마음속에 영어 문장을 담고, 머릿속에서 번역문을 조합해낸다. 그리고 조금이나마 불쌍한 존에 대해서 생각했다.

On an island in the Seine there is a big church called Notre Dame.
(센 강 가운데의 섬에, 노트르담이라고 불리는 커다란 교회가 있다.)

The product of a negative integer multiplied by a negative integer will always be a positive integer.
(음수에 음수를 곱하면 항상 양수가 된다.)

negative × negative = positive

나는 계속해서 교과서를 넘겼다. 만들어진 번역문이 스토브의 열기 속에 천천히 녹아가는 기분이 들었다. 마음에 담긴 영문과 증기에 녹은 번역문은 그 뒤에는 어디로 가는 것일까……

한동안 그러고 있으려니, 지코가 안쪽 방에서 얼굴을 내밀었다.

지코는 스툴 크기만한 거대한 깡통을 옆구리에 끼고 있었다. 그녀는 우리가 만든 원에 끼어들더니 뻥, 하고 깡통 뚜껑을 열었다. 그리고 안에서 나온 초콜릿을 나눠주었다.

"먹고 싶은 만큼 먹으렴."

지코는 우리에게 시범을 보이듯 연달아 초콜릿을 깨물었다. 우리는 조금 웃으면서 초콜릿을 먹었다. 한 사람이 자기 교과서를 지코에게 보이고 무슨 질문을 했다. 지코는 초콜릿을 한 손에 들고 그 질문에 대답했다. 다른 한 사람이 질문의 고리에 합류했다. 지코는 초콜릿을 씹으면서 연이어 설명했다. 나는 특별히 묻고 싶은 것도 없었기 때문에, 내 교과서의 예문을 바라보았다.

The giant woke up and ran after Jack.

(거인은 눈을 뜨고, 잭을 쫓았다.)

The old man led the boy through the forest for many miles.

(노인은 소년을 안내하며 숲속을 몇 마일이나 나아갔다.)

이렇게 눈 내리는 날에…… 오지 않아도 되는데도 학교에 찾아온 여자아이가 넷 있고…… 나는 예문을 바라보면서 생각했다. 이곳은 학교의 도서실이고…… 밖에는 아직 눈이 내리고 있고…… 우리의 중심에는 따뜻한 스토브가 있고…… 주전자가 계속 증기를 내뿜고 있고……

스토브 맞은편에는 영어 선생님이 초콜릿을 오독오독 씹으면서 분사구문에 대한 설명을 하고 있었다. 신식 서당 같네, 하고 나는 생각했다.

점심때가 지났을 무렵 눈이 그쳐서, 돌아가기로 했다.

지코에게 인사를 하고 우리는 학교를 나왔다. 역으로 이어지는 눈길을 나란히 걸었다.

생각해보면 삼 년간 거의 교류가 없었던 우리는, 길을 가면서도 거의 입을 열지 않았다.

"⋯⋯그 깡통, 되게 크더라."

혼잣말처럼 나는 중얼거렸다.

"너무 컸어."

한 사람이 동의했다.

"그걸 맨날 먹는 걸까?"

"그러면 살찌는 것도 당연하겠네."

"그런 걸 어디서 파는 걸까?"

지코의 초콜릿 깡통에 대해 우리는 제각기 감상을 이야기
했다.

"어울려." 그렇게 다른 한 사람이 마무리하듯이 말했다.

우리는 확인하듯이 고개를 끄덕였고, 다시 말없이 걸었다.

차 바퀴 자국이 두 줄, 똑바로 남쪽을 향해 이어져 있었다.
길가에 있는 작은 공터에서 나는 걸음을 멈췄다. 그것을 본
여자아이들이 조용히 돌아본다. 오후 두시의 하늘에서는 구
름 사이로 햇빛이 비쳤고, 눈이 그 빛을 반사시켜서 눈부실
정도였다.

"눈사람 만들자."

나는 말했다.

여자애들은 신기하다는 표정으로 나를 보았다. 나는 미소를 지으면서 그녀들 한 사람 한 사람을 바라보았다.

동그란 공기방울 같은 것이 보글보글 솟아오르는 느낌이었다. 그것은, 지코의 초콜릿 깡통을 봤을 때부터 이미 조금씩 솟아났는지도 모른다.

공기방울은 바다 표면을 향해 하늘하늘 상승해간다. 수면은 아직 멀다. 공기방울은 상승속도를 높여간다. 중심을 향해 모여 차츰 커져가는 공기방울. 흔들리며 급상승하고, 점점 더 크게 자라난다. 모습을 바꾸고, 주위를 끌어들이고, 꼬리를 끌면서, 해면을 향해 나아간다.

"그거 좋네." 한 사람이 말하고, 다른 두 사람도 동의해주었다.

우리는 공터로 들어갔다. 작은 눈덩이를 만들어 데굴데굴 굴렸다. 점점 커져가는 눈덩이를 모두 함께 밀었다. 나는 점점 웃음이 나와서 웃기 시작했다. 옆에 있던 아이가 조금 놀란 표정으로 나를 보았고, 그것이 또 나의 들떠오른 기분에 박차를 가했다. 억누를 수가 없었다. 하늘하늘 공기방울이 상승하듯이, 나는 점점 유쾌해졌다.

큰 눈덩이가 완성되고 작은 눈덩이를 만든다. 나는 우하하, 우하하하, 하고 마구 떠들어댔다. 신이 난 우리는 자신들의 키보다 큰 거대한 눈사람을 만들었다.

눈과 입을 만들기 위해 돌이며 나뭇조각을 찾으면서도, 나는 계속 웃고 있었다. 가방에서 검은 지우개를 꺼내어 눈사람 눈썹을 만들었다. 팡팡 그의 머리를 두드리고 우하하하하하, 하고 웃었다. 그는 조금 곤란하다는 얼굴로 나를 보고 있었다.

마지막으로 내 머플러를 풀어서 그의 목에 걸어주었다. 난처해하는 표정을 한 눈사람은, 노란색 머플러를 감자 비로소 완성되었다는 느낌이 들었다.

이제 고등학교도 졸업하니까 이런 머플러는 필요 없었다. 그러니까 너에게 줄게, 스노우맨. 나는 눈사람 머리를 탁탁 두드리고, 다시 웃었다. 조금 빠르지만, 이것이 나의 졸업 축하 행사다.

집에 돌아와서도 나는 들떠 있었다. 저녁밥을 먹어도, 목욕탕에 들어가도, 계속 들떠 있었다. 자신이 거대한 소용돌이 속에 있는 것처럼 흥분되어서 잠을 이룰 수 없었다. 소용돌이는 예감 같은 것이었다. 이런 것도 이제 끝이라는, 그런 예감 같은 것이었다.

다음날, 나는 학교를 쉬었다.

정말로 조금 열이 나는 것 같았다. 창밖은 우중충하게 흐려 있었다.

나는 책상 앞에 앉아 눈사람 그림을 그렸다. 조금 난처해하는 얼굴을 한, 따돌림당한 스노우맨. 그는 지금쯤 어떻게 지내고 있을까. 방에서 공부를 시작하자 조금이나마 마음이 진정되어가는 느낌이 들었다.

밤이 오고, 아침이 되었다.

바깥이 화창하게 개어 있어서 나는 상쾌하게 눈을 떴다. 눈이 지붕을 따라 떨어지며 투둑 소리를 내는 것이 들렸다.

창밖을 바라보면서 나는 이제 자신이 완전히 안정되었음을 깨달았다. 느긋하고 편안한 기분이었다.

아마도, 나는 더이상 쿨하지 않다. 붕 떠 있던 삼 년에 이어, 쿨했던 삼 년도 끝났다. 지금 나는 더이상 쿨한 모습이 아니었고, 그렇다고 해서 시끄럽게 떠드는 일도 없다. 나의 텐션이라고 할까, 전체적인 톤이, 한 바퀴 돌아서 있어야 할 곳으로 돌아온 느낌이 들었다.

어쩌면 이것이 원래의 모습인지도 모른다. 나는 눈을 감고 생각해보았다. 작은 어린아이였을 무렵의 나는 매일 이런 느낌이었고, 혹은 나의 어머니도 매일 이런 느낌이었을 게다.

아마도, 내 안의 계절이 더운 여름과 조용한 겨울을 거쳐, 따스한 봄으로 돌아왔다는 생각이 들었다.

그리고 나머지 고등학교 생활이 지나갔다.

눈사람은 그 뒤로도 한동안 같은 장소에 남아 있었다. 차츰 모양이 흐트러지고, 표정도 망가져가고, 단순한 눈더미가 되고, 이윽고 그것도 사라졌다. 머플러는 어느샌가 사라져 있었다.

그 사이에 나는 몇몇 대학에 시험을 쳤다.

삼 년간 꾸준히 공부해왔고 그렇게 상향지원도 하지 않았기 때문에 시험은 비교적 무난히 진행되었다. 1지망에는 떨어져버렸지만, 한없이 1지망에 가까운 2지망에는 합격했다. 붙은 곳은 집에서 통학할 수 있는 국공립대학의 건축학과였다. 통지를 받고는 기뻐서 한동안 웃고 있었던 것이 기억난다.

졸업식 직전이 되자 학교에 다시 친구들이 모이기 시작했다, 우리는 각자의 진로를 친구들이나 선생님에게 보고하고, 그 뒤에는 후배의 부활동을 견학하거나 했다.

그리고 졸업식날을 맞이했다. 분개할 만한 일은 아무것도 일어나지 않았고, 식은 엄숙하게 진행되었다.

식을 끝낸 우리는 학교 건물 앞에서 졸업사진을 찍고, 궁도장에 안녕을 고하고, 오코노미야키*를 먹으러 갔다.

집에 돌아온 나는 교복을 갰다. 더이상 입을 일이 없는 교복에서는 희미하게 소스 냄새가 났다.

봄방학, 나는 툇마루에 고양이처럼 누워 있었다.

나는 이따금 명랑하게 웃고, 그러지 않을 때에는 씩 하고 웃는 변덕스런 여자가 되어 있었다. 어느 각도에서 떼어놓고 보면 쿨하고, 어느 각도에서 보면 재미있는 여자아이. 아마 나는 그 조화를 사랑하고 있는 것이다.

대학에 들어가면 진지하게 건축 공부를 해야지, 그리고 이번에야말로 남자친구를 만들자고 생각했다.

궁도로 키운 찰나를 포착하는 집중력으로 참한 남자를 판별해내고, 그 따뜻한 하트를 일격에 꿰뚫어버리자. 나는 자

---

* 한국의 전과 비슷한 일본 대중음식.

신에게 딱 맞는 아이디어를 짜냈다. 뭐 그래도 괜찮지 않겠는가. 그것이 청춘 아니겠는가.

다정한 남자가 좋아, 라고 생각했다. 다정할지언정 비실비실해서는 곤란하다. 내가 아무리 노력해도 열지 못하는 병뚜껑을 간단히 열어줄 정도의 힘은 있어야 한다. 하지만 마초는 싫다.

너무 걸신들린 느낌이나, 뺀질거리는 남자도 피하고 싶다. 혈관 연령이 쉰여덟이니 하는 것은 소름 끼치게 싫다. 역시 건강한 것은 기본이고, 전체적으로 팔팔한 남자가 좋다. 머릿속은 맑고 번뇌는 별로 많지 않은 편이 좋다. 내가 곤란한 문제에 빠졌을 때 한 방에 답을 내주었으면 좋겠다. 전체적으로 신사적인 느낌이 좋다. 사무라이보다 신사가 좋다. 닌자라도 괜찮다.

봄방학은 고작 일주일. 나는 그 일주일 동안, 앞으로의 일을 생각했다.

복숭아 주스를 마시면서, 두서없이 앞으로의 일을 생각하고 있었다.

최강의 사랑노래

볼링장의 라커룸에서 카나리아B와 재회했다.

대학에 들어와 처음 맞는 여름방학이 시작되어, 나는 지난주 토요일부터 이 볼링장에서 일하고 있었다. 아르바이트 사흘째인 이번주 화요일, 옷을 갈아입으려고 라커룸에 들어갔더니 그곳에 카나리아B가 있었다.

눈이 마주치고 이 초 만에 서로를 인식한 우리는, 삼 년의 세월을 훌쩍 넘어서, 꺄악! 하고 소리를 질렀다. 손을 맞잡고 흔들다가, 와락 껴안고는 등을 팡팡 두드렸다.

나도 놀랐지만, 상대도 놀랐을 것이다. A와 B는 삼 년 만에 이런 장소에서 만난 것이다. 우연히 만난 것도 놀라웠지만, 가만히 생각해보면 삼 년간 전혀 만나지 못한 것도 놀랄 일이었다.

"요즘에 뭐 하고 지내?"

"학교 다니지."

우리는 조금 흥분해서, 서로의 근황을 이야기했다.

A는 모 대학 건축학과에 다닌다. 리포트다 뭐다 해서 꽤나 바쁘다. 지난주 이곳에 면접을 보았다. 월, 화, 목, 토. 이렇게 일할 예정이다.

B는 모 대학 사회체육학과에 다닌다. 학업보다도 농구 동아리 일이 더 바쁘다. 두 달 전부터 이곳에서 일하고 있다. 이곳에는 화, 목, 일에 온다.

짙은색 청바지에 오렌지색 폴로셔츠. 우리는 똑같은 차림으로 라커룸을 나왔다. 그 무렵 카나리아였던 우리가, 다시 교복을 맞춰 입고 데뷔한 것 같았다.

우리는 반웃음을 지으면서 일을 시작했다. 우리가 중학교 동창이라는 걸 알고 다른 스태프도 재미있어했다. 나는 프런트에서 접수나 계산을 하고, B에게서도 일을 배웠다.

일을 하면서 조금씩 이야기를 나누었다. C가 간사이 지방의 대학에 갔다는 것. D가 요요기에 있는 전문학교에 다니고 있다는 것. D는 고교 시절 우리와도 알고 지내던 버섯돌이와 사귀고 있다는 것.

자잘한 단편적인 정보로 과거의 시간을 메우자 오랜만이라는 느낌도 곧 사라졌고, 옛날 생각도 나지 않았다. 우리는 그 일터에서 눈에 띄는 파트타임 콤비가 되어갔다.

여름방학 기간의 볼링장은 혼잡했으나 살인적으로 바쁘지는 않았다. 밤중에 술에 취한 무법자가 오기도 했지만, 그런 일을 빼면 스태프가 감당할 수 없는 트러블은 없었다. 선배 스태프들은 전체적으로 시원시원하고 인상 좋은 사람들이 많았다.

B에겐 남자친구가 있었는데, 건방지게도 전 남자친구라는 것도 있는 모양이었다. 아무래도 남녀교제 방면에서는 전직 카나리아 중 나 혼자 독자노선을 걷고 있는 듯했다.

B는 자주 남자친구 이야기를 해주었다.

"그 녀석은 말이야, 결국 자기만 좋으면 그만인 거야."

"뭣이! 그러면 안 되지!"

자기 멋대로 약속을 변경하려는 B의 남자친구에게, 우리는 둘이 함께 분개했다.

"하지만, 나도 결국, 나만 좋으면 그만이야."

"뭐…… 그렇겠지."

가만히 생각해보자 자신들도 자기 멋대로라는 결론에 이르러, 우리는 둘이 함께 낙심했다.

"미트 너도 얼른 남자친구를 만들어."

B의 남자친구 이야기는 반드시 이 말로 끝났다. 이제 나를 '미트'라는 애칭으로 불러주는 것은 B뿐이다.

그 시절의 우리는 매일 신나게 떠드는 무적의 카나리아였다. 지금은 그 정도로 무적은 아니지만, 그래도 그럭저럭 기분좋게 하루하루를 보내고 있다.

A와 B는 일주일에 이틀만 같이 일을 했다. 돌아갈 때는 주스를 마시면서 이야기를 하고, 나중에 봐, 하고는 헤어졌다.

여름방학이 끝나자 2학기 수업이 시작되었다.

우리는 일주일에 두 번 근무를 하고, 그중 수요일에만 얼굴을 마주했다. 평일에는 손님이 적어 느긋하게 일할 수 있었다.

폐점 후에 다른 스태프들 사이에 끼어 볼링을 할 때도 있었다. 스태프 중에는 프로급 실력을 가진 사람도 있어서, 상쾌한 소리를 내며 핀을 쓰러뜨렸다. 사회체육학과인 B도 호쾌하게 공을 던졌다.

나는 조심스럽게 천천히 핀을 노리고 볼을 던졌다. 손에서 떨어진 볼은 데굴데굴 굴러가서, 한가운데로 들어갔을 때만 꽈당꽈당 핀을 쓰러뜨렸다. 스코어는 40 정도였다.

하지만 가을이 끝날 무렵 내 스코어는 80 정도까지 올라가 있었다. 새해가 되자 100 근처까지 오르게 되었다.

봄방학이 되자 다시 매일처럼 아르바이트를 하러 갔다. 그리고 폐점 후에 B와 볼링을 했다.

─꽈라랑.

둘밖에 없는 홀에, 기분좋은 소리가 울려퍼진다.

여덟 개의 핀을 쓰러뜨린 B는 불만스러운 듯 고개를 비틀었다. B의 볼이 돌아올 때까지 우리는 잠시 이야기를 했다.

"미트는 4월부터 아르바이트 어떡할 거야?"

"일요일 밤에만 할 거야. 다음 학기에는 학교 과제가 늘어나니까."

"여름방학이 되면, 다시 할 거지?"

"응."

볼링장은 여름방학이나 휴일에만 바쁘기 때문에, 그런 식으로 근무해도 괜찮았다.

—카콩.

B는 남은 두 개의 핀 중 하나만 쓰러뜨렸다.

"나는 일주일에 세 번 정도로 할까."

B의 남자친구는 그 무렵 이미 B의 전 남자친구가 되어 있었다. 남자친구가 없으면 아르바이트 일수가 늘어나는 모양이다. 나는 B와 교대해서 레인으로 향했다. 호흡을 추스르고, 볼을 쥐었다.

—쫘라랑.

아홉 개의 핀을 쓰러뜨리고, 조금 고개를 비틀었다. 공은 딱 한가운데로 들어간 것 같은데 좀처럼 스트라이크가 나오지 않는다. 한가운데로 가기만 하면 되는 게 아닌 모양이다.

"미트 넌 아직 좋아하는 남자 없어?"

"응."

나는 왼쪽 구석에 딱 하나 남은 핀을 노려보았다. 숨을 내쉬고, 신중하고도 천천히 조준하고, 공을 레인으로 내보낸다. 공이 손가락에서 떨어진 순간, 잘 될지 안 될지 이미 알수 있다.

—카콩.

깔끔하게 스페어 처리를 한 나는 B와 손을 마주쳤다.

"일단은 아무하고나 사귀어버려."

"하지만 아무나 괜찮은 건 아니잖아."

"처음에는 상관없어. 어차피 상상하던 것과는 전혀 다르니까."

B는 공을 안고서 레인으로 향했다.

— 꽈라랑.

여덟 개의 핀을 쓰러뜨린 B는 송풍구 쪽에서 손을 말렸다.

"왠지 모르겠지만, 자신은 있어." 나는 말했다.

"자신?"

"첫 사람째에 좋은 것을 뽑을 것 같은 기분이 들어."

"아하."

B는 기쁜 듯 미소짓고, 두번째 공을 던지기 위해 레인으로 향했다.

— 카콩.

깔끔하게 스페어를 처리한 B가 돌아왔다. 우리는 찰싹, 하고 손을 마주쳤다.

"그럴지도 몰라. 미트는 그런 타입이니까."

"응."

실제로 나에게는 예감이라고나 할까, 확신 같은 것이 있었다. 나는 분명 첫번째에 나름대로 좋은 결과를 낼 것이라고. 그날이 멀지 않았다고. 그런 것은 공이 손에서 떠난 순간 알 수 있는 법이다.

"미트는 우리의 에이스니까."

카나리아 군단의 전 에이스는 호흡을 추스르면서 핀의 한 점을 바라보았다. 마음의 평정을 유지하고, 담담한 부동심을 불러낸다.

자신과 공, 그리고 핀. 그것들을 한데 묶는 레인. 나는 그 끝만을 바라보면서, 가만히, 냉정하게, 정확하게, 공을 보낸다. 볼링은 의외로 궁도에 가까운 것이었다.

공이 손끝에서 떨어질 때, 적중의 감각이 느껴졌다.

─꽈라랑.

메마른 소리를 내며 스트라이크가 터졌다. 그때 나는 궁도의 잔심처럼, 던지고 난 뒤의 포즈를 그대로 유지하고 있었다.

박수 치는 B와 하이터치를 하고, 나는 가볍게 주먹을 쥐었다. 그 무렵 스코어는 평균 130을 웃돌고 있었다.

신학기가 되면 바빠질 것 같았다. 2학년부터는 지금까지의 기초과목에 더해 전공과목 몇 개가 더 개강된다. 아마 과

168

제에 쫓기게 되겠지만, 그것은 즐거운 일이기도 했다.

봄은 예감의 계절이다. 나도 B도 유쾌한 예감과 기대에 감싸여 있었다.

하지만, 설마 새 학기 첫날부터 그런 일이 일어날 줄은 생각하지 못했다.

꿀벌은 여왕과 그의 자식을 위해 꿀을 모은다. 북방한계선의 원숭이는 온천물에 들어가고, 바다오리는 우루루루룽 소리를 내며 운다. 런던 다리는 무너지고, 꽃 피는 숲길에서 소녀는 곰과 만난다.

그 남자는, 모미지 만주를 들고 내 앞에 나타났다.

새 학기 첫날의 일이었다.

그 남자는 갑자기, 이거 모미지 만주예요, 하며 만주 상자를 내밀고, 그 뒤에 같이 영화를 보지 않겠느냐고 청했다.

너무나 갑작스러운 일이라 나는 놀라버렸다. 누구나 새학기 첫날에 모미지 만주를 건네받으면 놀랄 것이다. 나는 잠시 동안 대답을 할 수 없었다.

하지만 단순히 놀란 것뿐, 청을 거절할까 말까 망설이고 있던 것은 아니었다. 왜냐하면 나는 모미지 만주를 받았기 때문이다. 이것이 만약 우이로*였다면 거절했을지도 모른다. 수수경단이었다면 나는 원숭이도 꿩도 아니라고 항의했을지도 모른다. 하지만 모미지 만주를 주는 사람의 청을 거절할 수 있을 리가 없었다.

우리는 토요일에 영화를 보러 가기로 약속했다.

그때까지 간단한 인사 정도의 대화를 한 적은 있었지만, 그에 대해서는 아무것도 몰랐다. 그도 나에 대해서는 '눈이 좋다'는 것 정도밖에 몰랐을 것이다.

우리는 영화를 보러 가기 앞서 학교에서도 만나기로 약속해, 같이 귀가하게 되었다. 어째서 그렇게 된 건지는 모르겠다. 하지만 어쩐지 자연스럽게 그런 분위기가 되었다. 그는 그렇게 하고 싶었을 것이고, 나도 그렇게 하고 싶었다.

우리는 학교나 공원이나 길이나 전철 안에서 조금씩 여러 가지 이야기를 나누었고, 조금씩 서로를 알아갔다.

---

* 나고야 특산품인 생과자.

170

지금 생각하면 그때 나는 말이 많았다. 공원 벤치에 앉아서 막 피기 시작한 벚꽃을 바라보며 새가 재잘대듯이 이야기를 계속했다. 나와 그 남자는 아주 상성이 좋은 것 같았다.

토요일, 우리는 영화를 보러 갔다. 영화는 할리우드의 액션로맨스였다. 그 영화로 전 미국이 울었다고 했지만 우리는 울지 않았다. 하지만 꽤 재미있었다.

영화를 보고 나와 카페에 들어가서, 끝이 나지 않는 이야기를 계속했다.

"저기……"

이야기하던 도중 그는 지금까지와는 다른 톤의 목소리로 말했다. 몇 초인가 시선을 이리저리 돌리더니 다시 "저기……" 하고 말했다. 그 뒤에, 좋아합니다, 하고 말하고는, 저랑 사귀어주세요, 하고 덧붙였다.

너무나 갑작스러웠기 때문에 나는 또 놀라버렸다. 그는 조금 긴장한 듯이, 하지만 똑바로 나를 바라보았다.

그것에 끌려가듯이 나도 좋아한다고 말했다. 말하고 나서 자신의 말에 거짓이 없음을 확인했다. 틀림없었다.

우리는 어쩐지 안심한 기분으로 커피를 마셨다. 일단 사귀어보자, 하고 나는 생각했다. 하지만 '일단'이라는 말에는 거의 의미가 없었다.

가게를 나서자 밖은 이미 어두워져 있었다.

우리는 손을 잡았다. 흥분한 기분으로 밤거리를 걸었다. 거리의 조명이나 지나쳐가는 사람들의 얼굴이 스크린의 광경처럼 흘러갔다. 우리는 서서히 손에 힘을 풀고, 손가락만 걸었다. 믿음직스럽지는 못하지만 확실한, 우주에서 가장 멋진 연결법이라고 생각했다.

집에 돌아와서 거울을 보았다. 거울 속의 내가 나를 빤히 쳐다보았다.

새학기가 시작된 지 아직 닷새밖에 되지 않았다. 거울 속의 나는 작년과 아무것도 달라지지 않은 것처럼 보였다. 하지만 이상한 기분으로 가득 차 있다. 두둥실 부유하는 기분이었다. 이런 기분을 느껴본 적이 이전에 있었던가? 놀랄 정도로 나는 들떠 있었다.

우리는 매일 만나고, 이야기를 했다. 일주일 정도는 눈 깜짝할 사이에 지나갔다.

서로의 과거나 현재를 이야기하는 것은 장부의 결산을 맞추는 행위 같았다. 지금 이렇게나 상성이 좋아 보이는 우리

172

는 장부의 결산을 맞추고 확인해나간다. 그것은 좋아하게 된 뮤지션의 앨범을 첫번째 것부터 모아가는 것과도 같은 행위였다.

처음으로 알게 되거나, 놀라움과 함께 알게 되거나, 납득하면서 알게 된 여러 가지 것들은, 다음 순간 금방 내 안에 익숙하게 배어들었다. 많은 것들이 이미 아주 오래전부터 알고 있던 것 같은 기분이 들었다. 나의 과거에 있었던 여러 가지 일들은, 이 사람에게 이야기하기 위해 존재했던 것 같은 기분이 들었다.

한 달 정도는 눈 깜짝할 사이에 지나갔다.

그와 함께 있을 때 나는 조금 이상했다. 중학교 시절 들떠 있던 것과는 또다른, 멍하니 충만하면서 들뜬 듯한 감각. 야광충이 빛을 내는 것처럼 나는 조용히 들떠 있었다. 그는 극히 알기 쉽게 호쾌하게 들떠 있었는데, 그것은 무척 믿음직스러운 일이었다.

그리고 또 한 가지. 스킨십이란 아주 무섭다는 것을 알았다.

그의 손이 나의 손에 닿을 때, 내 어깨에 닿을 때, 나는 황홀해졌다. 황홀…… 황홀해하는 자신에게, 나는 놀라움을 느꼈다.

궁도의 사법팔절을 몸에 익히는 것은 그토록 많은 수행이 필요했다. 그것은 한없이 먼 길이었다. 하지만 이건 이렇게나 간단하고, 방심하고 있으면 얼이 빠져버릴 것만 같은 파괴력까지 지니고 있다. 그렇지만 서로의 피부가 닿으면 여러 가지 것들을 그냥 지나치며 안심할 수 있었다. 어떤 선을 넘은 것처럼 가까워진 기분을 느낄 수 있었다.

미열에 침범당한 나날이 이어졌다.

그전까지의 나에게는 조화가 있었다. 나는 그 조화를 사랑했다. 눈앞에는 해야 할 일이 있고, 나는 적절한 열의를 갖고 그것과 씨름한다. 하나의 열의에는 하나의 성과가 있고 그 뒤의 과제도 제시된다. 이상(理想)을 이야기하자면, 즐거운 것과 기쁜 것이 하루에 한두 번쯤 있고, 잠들기 전에 그것을 반추한다. 가끔씩은 싫은 일도 생겨서 조금 낙심하지만 하룻밤 자고 나면 잊어버린다. 잊어버리지 못했다면 이틀째 되는 날 밤에 잊어버린다.

물 흐르듯 순조롭지는 않았어도, 대학에 들어간 뒤의 일 년간 나는 신뜻하게 처리해왔다고 생각하고 있었다. 감정의 부침은 항상 조화의 범위 내에 있었다.

하지만 지금, 내가 사랑한 조화는 온데간데없고, 나의 미터기는 hot 쪽으로 완전히 쏠려 있었다. 반동으로 마음이 예민해질 때도 있었지만, 다시 뒤흔들리고, 금방 또 한쪽으로 쏠렸다.

사귀기 시작한 지 두 달이 되어가고 있었다.

내가 그와 사귀기 시작한 것은 어떤 타이밍 때문이었는지도 모른다. 그렇게 생각해보면, 그것을 돌아보고 두려움을 느끼게 된 것도 마침 또다른 타이밍이 딱 맞아서였을 수도 있다. 눈에 들어오지 않았다 뿐이지, 징후는 그전에도 있었다.

'건축계획 I'이라는 필수과목이 있었는데, 그것은 그해 내가 가장 힘을 쏟아야 할 과목이었다. 5월 말일까지 제출할 리포트가 있었지만 나는 직전까지도 손을 대지 않았다. 전날에 밤을 새워서 완성하면 된다고 생각했기 때문이다.

하지만 결국 내가 그 리포트에 손을 대는 일은 없었다. 바로 전날에도 그와 만났고, 만나서 노는 동안 '뭐, 괜찮겠지' 하고 넘어가버렸다.

나는 집에 돌아가서 거울을 보았다. 거울 속의 나는 항상 나를 빤히 쳐다본다.

나는 침울해졌다. 내가 리포트를 내지 않다니 있을 수 없는 일이었다. 책상 앞에 앉아서 한동안 생각했다. 나는 자신이 '뭐, 괜찮겠지' 하고 생각한 것에 쇼크를 받았다. '뭐, 괜찮겠지'라는 생각을 하다니 있을 수 없는 일이었다.

나는 노트에 '안 되겠어 안 되겠어 안 되겠어'라고 적었다. 하지만 그 글씨를 바라보고 있자니 금방 또다시 '뭐, 괜찮겠지' 하는 기분이 들기 시작했다. 글씨는 나의 들뜬 마음에 패배하여 작게 상대화되어간다.

……작게?

그럴 리가 없었다. 나는 노트 위의 '안 되겠어 안 되겠어 안 되겠어'를 빤히 노려보았다. 아무리 읽어봐도 '안 되겠어 안 되겠어 안 되겠어'였다.

나는 그 옆에, '오노가 정말 좋아'라고 썼다.

일요일, 심야의 패밀리레스토랑에서 나와 B는 긴급회의를 열었다.

"이럴 생각이 아니었어."

"응."

"나는 내가 좀더 똑똑하다고 생각했고, 좀더 빈틈없이 많은 것들을 컨트롤할 수 있을 줄 알았어."

"그렇구나……"

나의 고민에 공진(共振)한 B는 한숨을 쉬었다. 나도 그걸 따라 한숨을 쉰다.

"혹시, 미트 넌 그 남자와 헤어지는 게 좋을 거라고 생각해?"

걱정스런 얼굴로 B는 나에게 물었다.

"……모르겠어."

나는 정말로 알 수 없었다.

"내가 알아서 잘 챙기는 게 제일 좋은 방법이겠지만. 하지만 전혀 그렇게 할 수 있을 거 같지가 않아."

공감과 공진의 카나리아 회의는, 밤이 깊어가는 것과 같은 스피드로 천천히 이어진다.

"말하자면 푹 빠져 있는 거야. 어떻게 손쓸 도리도 없이."

나는 다시 한숨을 쉬었다.

"할 수 없어. 처음에는 역시 빠지기 마련이야."

"……모두 그럴까?"

"그렇다고 봐. 어떻게 받아들이는가는 제각기 다르지만."

"어쩐지 믿기지가 않아." 나는 말했다. "다들 이런 귀찮은 감정을 품고서 주위의 여러 것들과 타협해나가는 걸까?"

"글쎄, 과연 어떨까. 한창 빠져 있는 상태에서는 알 수 없는 법이겠지."

옛날 같았으면 '이마 반짝 점'으로 답을 냈을지도 모른다. 하지만 맑은 날에 반짝이는 앞이마 같은 건, 이제 우리 앞에 없다.

"하지만 미트 너라면 괜찮을 거야."

그 대신 B는 미소를 지어주었다.

"그럴까?"

"그래. 미트는 우리의 에이스니까."

어떻게 얘기가 그렇게 되는데? 하고 생각하면서도 나는 웃음을 지었다. 그리고 B를 끌어안아주고 싶어졌다.

우리는 어떤 답 같은 것을 원하고 이런 이야기를 하고 있는 것이 아니다. 하지만, 우리가 괜찮다고 생각할 수 있는 것은 언제나 모든 것에 우선하는 최고의 답이다.

심야의 카나리아 회의는 계속 이어졌다.

출구 없는 고민에 대한 의제는 이윽고 옆으로 치워지고, 대신 '오노는 어떤 남자인가?'라는 테마가 발의되었다. B는 그것을 아주 듣고 싶어했고, 나도 이야기하고 싶었다. B는 특히 모미지 만주 이야기에 집착했다.

B는 그 무렵 이미 전 남자친구와 재결합해 있었다. 즉 현재의 남자친구는 전전 남자친구라는 얘기다.

"잘 챙길 수 없는 거에 대해선, 다음번에 오노하고도 상담해볼래."

회의의 마지막에 나는 말했다.

"응. 하지만 남자란 말이지,"

선배 같은 얼굴을 하고서 B는 말했다.

"어차피 아무것도 모르거든. 바로 '그러면 이렇게 하면 돼' 하는 식으로 말할 거야. 그런 얘기가 아닌데도."

"그래?"

"그렇다고. 아버지나 선생님이나 남자친구나, 남자는 다 똑같아."

확신에 찬 표정으로, B는 말했다.

기분좋은 바람이 부는 맑게 갠 오후였다.

해시계에 앉자 멀리 농구를 하는 젊은 남자가 보였다. 나는 그날, 지난 한 주간 생각한 것을 오노에게 말할 작정이었다.

공감과 공진보다도, 나는 답을 찾아야만 했다. 그래서 나는 어떤 각오를 다졌다. 이런 것은 이제 끝이다, 그런 각오.

그렇다면 오노에게는 가능한 한 정확하게 전달해야만 한다. 한마디 한마디, 착각이나 오해가 없도록, 신중하게. 또박또박.

나는 이 두 달간을 총괄하는 기분으로 말을 골랐다. ─ 나는 오노를 좋아한다. ─ 그러니까 아주 즐거웠고, 아주 기뻤다. ─ 그것은 지금까지의 그 어떤 기쁜 일과도 달랐다. ─ 하지만 이런 일을 계속할 수는 없다. ─ 지금까지 사랑해왔던 것을 나는 앞으로도 사랑하고 싶다. ─ 하지만 나에게는 그것이 불가능하다. ─ 둘 중 하나를 선택해야 한다면 나는 정상적으로 생활할 수 있는 쪽을 고를 수밖에 없다. ─ 하지만 그것은 싫다.

이야기를 마쳤을 때, 오노는 이해 못 하겠다는 얼굴을 했다. 잘 못 알아듣겠다는 표정이었다.

그야 그렇겠지, 나는 생각했다. 내가 말하고 싶은 것은 '좋아하지만, 더이상 사귈 수 없다'라든가 '더이상 사귈 수 없지만, 사귀고 싶다' 같은 식의 모순된 얘기였다.

오노는 페트병에 담긴 차를 마시고는, 뭔가를 생각하기 시작했다.

역시나, 나는 생각했다. 오노도 어차피 남자니까, 그러면 이렇게 하면 된다든가 하는 그런 제안을 하려는 듯 보였다.

오노는 천천히 입을 열었다.

"전부 정해버리는 건 어떨까?"

"정한다니, 뭘?"

그는 이상한 제안을 했다. ― 전부 정해버리면 된다. ― 일주일에 세 번 전화를 하고, 한 번 만나자. ― 잘 안 된다면 다시 정하면 된다.

그렇게 해보자, 그는 부드럽게 웃으면서 말했다.

그 제안은 정말 뜬금없다는 느낌도 들었다. 하지만 진취적이었고, 잘 안 되면 다시 정하면 된다는 부분이 좋았다.

알았어, 나는 작게 말했다. 오노는 반사적으로 대답한 것이 아니라, 골똘히 생각한 후에 제안한 것이다. 그러니까 그 제안에 따라보자, 하고 나는 마음을 정했다.

◇

"결국 비가 내리네." 오노가 말했다.

안개 같은 가랑비였지만 오노는 검고 커다란 장우산을 들고 왔다. 나는 내 접이식 우산을 꺼내지 않고 그의 우산 아래로 들어가 왼편에 섰다.

주말, 일주일에 한 번 있는 데이트였다. 우리는 잠시 동안 묵묵히 걸었다.

"오늘은 내리지 않는다고 했는데 말이야."

빨간 신호 앞에 멈춰 섰을 때, 오노가 말했다. 똑바로 신호등을 보고 있는 오노의 옆얼굴을 나는 흘끗 바라본다.

"그랬지."

커다란 우산이 우리를 빗방울로부터 지켜주고 있었다.

사는 곳을 합치는 것이 동거나 결혼이라고 한다면, 하고 나는 생각했다. 그런 것의 첫 시작은, 둘이서 한 우산에 들어가는 것일지도 모른다.

"집에 갈 때는 그치면 좋겠는데."

"응."

우리는 이케부쿠로에 있는 거대한 빌딩으로 향했다.

지하도 입구에 멈춰 서서 오노는 우산을 접었다. 간단히 물기를 털고 빙글빙글 말았다. 우리는 오토워크 위에 나란히 올라섰다.

"이슬비니까 그나마 나은데."

"응."

"장마철이니까 어쩔 수 없구나."

"그러네."

대답하면서 웃음이 나와버렸다. 어째서 나의 남자친구는 이렇게 비에만 신경을 쓰는 걸까.

"혹시 말이야," 나는 말했다.

"오노는 하리코야?"

"하리코?"

비에 약한 나의 남자친구는 이상하다는 표정으로 나를 보았다.

"어쩐지 비를 싫어하는 것 같아서."

"……아, 그 하리코 말이구나."

오노는 입가를 말고 살짝 웃었다. 오토워크의 종점이 가까워져서, 우리는 발밑에 눈길을 주었다.

"옛날에 있지,"

휙, 하고 뛰어넘으면서 나는 말했다.

"눈이 많이 온 날, 여자아이들은 몇 사람 등교했는데 남자아이들은 한 사람도 오지 않은 적이 있었거든."

"응."

앞에 다시 오토워크가 있어서, 우리는 그 위에 올라탔다.

"그랬더니 지코가, '이 반 남자들은 다 하리코냐?'라고 말했어."

"지코?" 오노는 기쁜 듯한 표정을 지었다. "지코라면 그 지코?"

"그래. 고등학교 선생님 지코."

지코 얘기는 이미 오노에게 했었다. 짧은 단발머리에 뚱뚱한 여자 악당 같은 지코. 공포의 영어 선생님 지코.

"외우세요."

오노는 지코 흉내를 내어 말했다. 그게 꽤 비슷했기 때문에 나는 기분이 좋아져버렸다. 종점이 가까워지자 우리는 서로 동작을 맞추어 폴짝, 뛰었다.

관성의 법칙이 조금 힘을 실어주며 우리의 몸을 앞으로 밀어냈다. 그것은 들뜬 우리의 기분에도 조금 힘을 실어주었다. 오노는 그제야 비 고민을 잊은 듯 상쾌한 목소리로 말했다.

"지코하고 우리 베켄바우어하고 대결시켜보고 싶네."

베켄바우어. 그는 오노가 다니던 입시학원의 영어교사였다. 듣기로는 '황제'라는 별명에서 그렇게 발전한 모양이다. '외울 것!'이란 말이 그의 입버릇이다.

"지코 대 베켄바우어라."

에일리언 대 프레데터 같은 것을 상상하면서 나는 말했다.

"뭐, 지코가 당연히 이기겠지만."

"무슨 소리야. 베켄바우어가 더 강해."

"오노는 지코를 모르니까 그런 소리를 할 수 있는 거야."

"하지만, 베켄바우어는 황제라구."

"외울 것!" 나는 베켄바우어의 흉내를 내며 말했다.

"외우세요." 오노가 말했다.

엘리베이터 앞에 사람들이 모여 있어서, 우리는 목소리를 낮추었다.

"지코는 커다란 초콜릿 깡통을 가지고 있어."

나는 양손으로 깡통의 크기를 가늠해 보였다.

"베켄바우어는 얼굴이 커. 황제거든."

이 정도라고, 하며 오노는 양손을 벌렸다. 초콜릿 깡통과 베켄바우어의 얼굴 크기는 비슷비슷했다.

도착한 엘리베이터에 다른 몇 사람과 함께 올라타자 우리는 입을 다물었다. 엘리베이터는 조용히 상승해 우리를 십층까지 데리고 간다. 오노는 층을 표시하는 패널을 가만히 바라보고 있다. 그 옆얼굴을 나는 바라본다. 좋다.

십 층에 도착해, 우리는 목적지인 수족관 앞에 섰다.

비 오는 날, 엘리베이터로 도착한 바다의 세계.

티켓을 사고 입구로 들어가자 정어리떼가 우리를 맞이했다. 번쩍번쩍 빛나는 무수한 물고기가 원형 수조를 빙글빙글 돌고 있다. 이동로를 따라서 우리는 세상으로 나아갔다.

마젤란 해협에서 아득히 먼 이케부쿠로의 빌딩에 찾아온 팬더돌고래

↓

산호초의 라군을 재현한 수조

↓

말미잘과 공생하는 말미잘돔

↓

새우와 해삼과 문절망둑. 콜로니를 이룬 정원뱀장어

↘

계단(도중에 화장실)

↘

깊은 바다에서 귀를 기울이는, 기계 같은 거미게

↓

바다의 요정, 클리오네

↓

풍선 같은 가시복

하지만 가시복은 가시를 세우고 있지 않았다.

화가 나면 불룩하게 부풀어오르는 그 물고기를, 나와 오노는 도발해보았다. 자, 너의 분노를 보여라! 우리는 수조 앞에 나란히 서서 가시복을 향해 가운뎃손가락을 세웠다. 이 세상의 부조리와 슬픔에 조용히 분노해라! 가시복!

그러나 그는, 그저 우리를 조용히 바라볼 뿐이었다.

바다거북이 부유하는 회유수조 앞에 우리는 멈춰 섰다. 맛있어 보이는 전갱이가 무리를 지어서 헤엄치고, 그 위를 샤프한 자태의 상어가 어슬렁거리고 있다.

"지금 이대로 계속 사귀는 것에는 아무런 문제도 없지만 말이지,"

가만히, 나의 남자친구는 말했다. 거대한 곰치는 바위 그늘에서 무언가를 가만히 기다리고 있다.

"하지만 그다지 발전성이 없는 것 같아. 여러 가지로. 연인 사이로서, 젊은 남녀로서."

"그러네."

젊은 남녀로서, 연인 사이로서, 발전성…… 날갯짓하듯이 헤엄치는 매가오리를 바라보며 나는 생각했다. 그것이 젊고 팔팔한 남자에게 커다란 현안(懸案)인 것은 안다.

우리는 개복치 수조로 이동했다. 두둥실, 개복치는 해양을 떠돈다.

"전부, 정해버리면 돼."

이번에는 내가 말했다.

개복치는 헤엄치는 데 그다지 능숙하지 않기 때문에 수조 벽에 부딪혀서 몸에 상처를 입곤 한다. 그래서 수조 벽 앞에는 투명한 비닐 커튼이 쳐져 있다.

"전부라니, 뭘?"

"우리의 가까운 미래. 연인 사이다운 일 같은 거."

조금 빠를지도 모르겠지만 반년 뒤 정도가 어떨까, 라는 게 내 생각이었다. 그 정도라면 딱 좋을지도 모르겠는걸.

"일 년 뒤에 하자."

하지만 나는 조금 길게 잡아 제안했다. 중동의 기념품가게 주인이 관광객에게 바가지 씌우는 것을 떠올리며.

"일 년이라……"

남자는 뭔가를 생각하는 듯했다. 그런 것이 젊고 팔팔한 남자에게 커다란 현안인 것은 안다.

"하지만 그건 너무 늦지 않을까?"

"그러면 반년 뒤에."

남자는 다시 뭔가를 생각했다. 두둥실, 개복치는 바다를 떠다닌다.

"알았어. 그러면 12월에."

조금 기쁜 듯, 오노는 말했다.

"응."

꿀꺽, 하고 개복치가 해파리를 통째로 삼킨 것이 이 수조의 클라이맥스였다.

우리는 우와아~ 소리를 지르며 수조에 달라붙었다. 그러나 개복치는 아무 일도 없었다는 듯 천천히 선회했다. 그리고 다시 초속 수 센티미터로 정처 없는 여행을 계속했다.

한동안 개복치를 바라보다가, 그것에 질리자 복어 수조로 이동했다. 복어는 정면에서 보면 입과 눈이 웃고 있는 것처럼 보인다.

"……어쩐지 웃고 있는 것 같아."

그 복어는 다른 물고기와 달리 물 속에서 정지할 수 있는 모양이었다. 가슴지느러미가 눈에 보이지 않을 정도의 속도로 움직이고 있다. 새로 말한다면 벌새처럼.

"저기 말야."

나는 옆을 보았다. 물고기나 해파리만 보고 있었지, 한동안 오노의 얼굴은 보지 않았다.

"역시 쟤, 웃고 있어."

오노는 가만히 작은 복어를 바라보고 있다.

"확실히 웃고 있네."

옆얼굴의 오노가 말했다. 아름다운 옆얼굴이란 생각이 들었다.

밖으로 나오자 펭귄과 강치가 있었다. 그리고 수달 어미와 새끼가 있었는데, 그것이 정말 맹렬하게 귀여웠다. 참을 수 없다. 귀여운 것에도 정도가 있다는 생각이 들었다. 오노도 좋지만 수달도 좋다.

수족관을 나와서 빌딩 최상층에 있는 전망대로 향했다.

도내에서 가장 빠르다는 직통 엘리베이터가 우리를 하늘에 가까운 장소로 실어 나른다. 오노는 조금 위쪽을 바라보며 기압의 강하를 견디고 있다.

높은 곳에서 내려다보이는 도쿄의 파노라마를 감상하고, 그 뒤에 식사를 했다.

밖에 나오자 비는 이미 그쳐 있었다. 하리코인 오노는 아주 기뻐 보였다.

외우세요. 지코의 말을 떠올릴 것도 없이, 나는 오늘의 데이트를 기억해둬야겠다고 생각하고 있었다. 계속 기억해두자고 생각했다.

아침. 나는 달력을 노려본다. 오늘은 화요일.

아침식사로 요구르트를 먹고, 전철을 타고 학교에 간다.

7월 중순의 하늘은 아직 어둠침침하게 흐렸지만, 여름은 이미 코앞까지 다가와 있었다. 이 구름 층만 걷히면 여름이다, 하는 종류의 흐린 하늘이었다.

오전중에 '도시론'과 '재료역학' 수업을 받고, 끝나자 학과 친구들과 밖에 나가서 점심식사를 했다.

강의실에 돌아오는 중 해시계에서 오노와 사카모토를 발견했다. 두 사람은 느티나무에 기대어 나른한 얼굴로 앉아 있었다. 정말이지 잘 어울린다.

내가 손을 흔들자 그것을 본 오노가 손을 흔들어주었다. 사카모토도 양손을 크게 흔들어주었다.

같은 남자 공대생이라 해도, 학과에 따라 크게 타입을 나눌 수 있다.

건축계열은 스마트한 남자가 많다. 미술이나 패션에 흥미를 가진 사람이 많고, 어째서인지는 몰라도 눈이 가느다란 타입이 많은 듯하다.

전기전자계열은 합리적인 사고방식을 가진 사람이 많다. 이해득실에 엄격하고, 쓸데없는 행동이 적다. 인풋과 아웃풋을 기호적으로 조합해서 결과물을 만들어내는 분야니까 그런 거겠지.

화학계는 쿨하면서도 어쩐지 수상해서, 무슨 생각을 하고 있는지 알 수가 없다. 하얀 가운을 입고 약품을 다루다보면 그런 스타일이 되나보다.

오노나 사카모토가 속한 기계계열은, 뭐랄까, 촌스러운 사람이 많았다. 실습 때 작업복을 입고 선반가공이나 스폿용접을 해야 하기 때문인지도 모른다. 겉으로는 말쑥한 오노 역시, 그 안에 꽤나 촌스러운 마인드를 감추고 있다고 생각한다.

오노는 바보고, 자상하고, 가끔씩 나를 감동시킨다.

그도 어차피 남자니까, 기쁘거나 나른하거나 하는 감정은 눈에 확 드러난다. 달리기 시작하면 멈추지 않고, 오버하기 쉬운 바보라는 생각이 든다. 하지만 일주일에 한 번 만난다든가 하는 부분은 굉장히 성실히 지킨다.

이 남자는 머리도 꽤 좋고 예리한 발언도 한다. 가끔씩 무슨 생각을 하다 행동을 멈추고, 그 뒤에 멋진 소리를 한다. 사물에 지극히 순수하게 감탄하지만, 사실은 누가 말하는 것도 듣지 않는다.

그는 닌자라고 할 만큼 몸이 가볍지도 않았고, 신사라고 할 만큼 행동이 정중하지도 않았다.

하지만 어느 쪽도 버리기엔 아까운 느낌이었다. 생각해보면 이 사람보다 가벼운 사람은 그렇게 많지 않을 것이고, 이 사람보다 예의 바른 사람도 그다지 많지 않을 것이다.

그를 떠올리면 나는 사랑스러워서 참을 수 없는 기분이 든다. 토끼털이 파고들 틈도 없을 정도로 좋아한다. 하지만 대체 왜 좋아하는 걸까, 하는 생각도 든다.

귀여운 것과 멋진 것의 경계선을 걸어가는 근사한 남자를, 나는 조금 자랑스럽게 생각하고 있다. 단순히 푹 빠져 있는 것일지도 모르겠지만, 들뜬 기분의 시나몬 롤처럼 자랑스럽게 생각하고 있다.

다음날에도 나는 달력을 노려보았다. 오늘은 수요일이고, 그가 전화를 걸 차례다.

일주일에 세 번 교대로 전화를 하고, 주말에 데이트를 한다. 그날 이후로 우리는 정확히 자신들의 페이스를 지키고 있다. 세어보니 벌써 사십 일째다.

전화를 받는 밤, 나는 준비를 하고 신호가 울리길 기다린다. 목욕을 하고, 편한 옷으로 갈아입고, 마실 것을 준비한다.

내가 전화하는 것은 이십이시 전후였지만, 그에게서 전화가 걸려오는 것은 정확히 이십삼시였다. 시계를 맞춰두면 오초 전부터 카운트다운을 할 수도 있다.

오늘밤에도 나는 전화기를 쥐고 기다렸다. 정확히 이십삼 시에 소리가 나고, 울리는 것과 동시에 받는다. 끝말잇기 게임의 달인처럼.

여보세요, 하는 그의 목소리가 들리고, 나는 우스운 기분과 기쁜 마음에 후후후, 하고 소리 죽여 웃어버린다.

"오늘도 딱이네." 나는 말한다.

"그래?"

"딱이야."

"그런가~"

대답을 하는 오노도, 아마 웃고 있을 것이다.

"전화를 받는 게 빠르네." 오노는 말한다.

"그래?"

"빨라."

"그런가~"

우리는 항상 이런 느낌으로 웃으며 이야기를 시작한다. 그리고 대개 삼십 분 정도 이야기를 한다.

"어제는 말야," 오노는 말했다. "야인(野人)을 만났어."

"야인?"

"응. 일본에는 아직 여러 가지 생물이 있는 모양이야."

오노는 어쩐지 즐거운 듯 말했다.

"사카모토의 선배인데, 소금밥을 반찬으로 밥을 먹어."

"으응?"

나는 '소금밥을 반찬으로 밥을 먹는다'는 것에 대해 생각해보았다.

"그건 종합해서 생각하면, 즉 소금밥을 먹는다는 거 아냐?"

"아냐. 어디까지나 소금밥은 반찬이고, 밥은 밥이야. 그 부분은 잘 구분해야만 해."

"어째서?"

"기분의 문제니까. 섞으면 안 돼."

"흐음~"

"그래서, 어제 말인데, 사카모토하고 그 사람하고 같이 전골을 해 먹었어."

"전골이라. 좋았겠다."

"야인은 그냥 뱃속에 채워넣는 느낌이었어. 그것도 고기만."

나는 셋이서 전골을 먹는 모습을 상상해보았다. 고기를 뱃속에 채워넣는 야인을 다정하게 지켜보는 해시계의 두 사람.

"사이좋은 삼인조 느낌이네."

"아니…… 그건 좀 위험한데."

"어째서?"

"그 사람과 삼인조가 되는 건 너무 위험해. 완전히 사회에서 격리되어버릴 거야."

"하지만 남자란 가만 내버려두면 금방 무리를 짓잖아."

하하, 하고 오노는 웃었다.

"하지만 뭐, 더이상 만날 일도 없을 거 같아."

"그래?"

"아마도. 하루 만에 벌써 배가 꽉 찼어."

"그런가."

"야인이니깐."

"응."

"이제 곧 시험이네."

"그렇지……"

우리는 항상 삼십 분 정도 이야기를 한다. 하지만 전화를 끊고 싶지 않을 때도 있어서, 그럴 때는 한 시간이고 두 시간이고 이야기를 계속했다.

'터프하고 대범하고 믿음직스러운 남자'라는 개념은 나

를 안심시키고 안정시켜주었다. 그런 것을 사랑하고, 또 사랑받고 있다고 실감하면, 조화보다도 한 단계 높은 레벨로 마음이 든든해졌다.

그 든든함은 나에게 있어 획기적인 것이었다.

◇

1학기 시험이 끝나고, 캠퍼스는 여름방학에 들어갔다.

시험은 상당히 하드했지만 '열역학' 과 '건축법규' 를 빼면 결과는 그럭저럭 양호했다. 2학기에는 좀더 잘할 수 있으리란 자신도 생겼다.

여름방학 동안 나는 B와 함께 볼링장에서 아르바이트를 했다.

세상에는 두 종류의 사람이 있는데, 그것은 자기 공을 가진 사람과 가지지 않은 사람이다. 나와 B는 이번 여름, 자기 공을 가진 사람이 되었다.

알맞은 무게의 볼을 구입하고 손가락의 크기와 각도에 맞춰 드릴러로 구멍을 뚫는다. 스핀이 잘 걸리도록 구멍 사이를 넓게 잡으면, 공은 재미있게 커브를 그리게 된다.

우리는 매일 일곱시에 볼링장에 가서 개점할 때까지 두 시간 동안 볼링을 쳤다.

집중해서 폼을 안정시키고, 스핀의 특징을 파악하고, 레인의 컨디션에 맞춰 궤도를 읽었다. 예측한 대로 스트라이크가 나오면 다른 것에는 없는 상쾌함을 맛볼 수 있었다. 우리의 평균 스코어는 150을 돌파했다.

—꽈라랑.

스트라이크에 실패한 B가 돌아왔다.

"결국 말이야." B는 중얼거리듯이 말했다.

"뭔가 부족해서, 사귀기는 하는데……"

B는 그와 헤어진 듯했다. 전전 남자친구에게 또 '전' 자를 붙이는 것은 조금 꺼려졌다.

"계속 내 손에 있는 건 아무것도 없어."

—카콩.

B는 스페어를 처리하고, 좋았어, 하듯이 주먹을 쥔다.

하지만 서로 끌리는 건 어째서일까. B는 자주 말한다. 그냥 외로운 것뿐일까, 라고도 말한다.

—꽈라랑.

핀 하나를 남긴 나도 고개를 갸웃거린다. 아무리 한가운데를 노려도 우리는 정확하게 스트라이크를 따낼 수는 없었다.

하지만 우리에겐 제2구가 있다. 스페어는 침착하게 겨누고 던지면 처리할 수 있다. 우리에게 중요한 것은 얼마만큼 스페어 상태로 버텨낼 수 있는가였다.

전직 카나리아들은 이제 그 시절 정도로 무적은 아니다. 그 시절보다 얻을 수 있는 것은 많아졌지만, 잃는 것도 많아졌다.

—쫘라랑.

가끔씩 스트라이크가 나오면 우리는 활짝 웃으며 하이터치를 나누었다. 스페어로 끈기 있게 버텨낸 만큼, 스트라이크는 스코어를 쭉 올려준다.

오노는 사카모토와 같이 이삿짐센터 아르바이트를 하고 있는 모양이었다.

그래서 우리는 그때까지와 마찬가지로 여름방학중에도, 일주일에 세 번 전화를 하고 일주일에 한 번 데이트를 했다. 데이트는 쇼핑을 하거나 영화를 보러 갈 때가 많았다.

여름방학 후반에 아주 인상적인 데이트를 했다. 암흑 속을 나아가는, 워크숍 형식의 행사였다.

회장에 도착하자 우선 모르는 사람을 포함해서 일곱 명끼리 그룹을 만들었다. 그리고 준비된 암흑 속에 들어가서 간단한 설명을 받았다. 전혀 빛이 없는 새까만 공간이었다.

완전한 암흑은 아까까지 우리 주위에 있었을 작은 행동지침이나, 당연한 판단 재료나, 서로의 존재감 같은 것을 순식간에 빼앗아갔다. 눈앞에 뻗어본 내 손가락조차도 보이지 않았다.

그리고 안내인의 목소리만이 들렸다.

목소리는 조금씩이지만 잃었던 것을 부여해주었다. 행동지침이나, 판단 재료나, 서로의 존재감 같은 것. 그 목소리에 이끌려, 우리는 천천히 나아갔다.

어느 정도 걸었는지는 알 수 없었다. 도중에 여러 가지 환경을 암흑 속에서 체험했다. 과일을 만지거나, 물을 만지거나, 악기의 생음악을 듣거나 했다. 모래 위를 걷거나, 낙엽 위를 걷거나, 드러누워서 대화를 하기도 했다.

마지막에 암흑의 바에서 차가운 물을 마셨다. 새까만 물이 조용히 위장 안으로 흘러떨어졌다. 얼굴이 보이지 않는 같은 그룹 사람들 몇몇과 암흑에 대한 감상을 주고받았다.

오노의 목소리도 멀리에서 들렸다.

그리고 서서히 빛에 익숙해지며 밖으로 나왔다. 아까까지 형체도 보이지 않던 사람들의 얼굴을 확인하고, 신기한 기분으로 인사를 했다. 함께 공유한 조용한 열기 같은 것만이 남았다.

그 다음주 월요일, 우리는 둘 다 어둠 속에 잠긴 채 전화를 해보기로 했다. 내가 오노에게 그렇게 부탁했다.

덧창까지 꼭꼭 닫아 방을 어둡게 만들었다. 의자에 깊숙이 앉아서, 짙은 선글라스를 쓰고, 이십삼시의 전화를 기다렸다.

"……여보세요."

암흑 저편에서 오노의 목소리가 들렸다.

"어때? 어두워?"

"응. 선글라스 끼고, 눈도 감고 있어."

"나도야." 목소리가 말한다. "어둠 속에서 아이마스크를 쓰고 있어."

후후후, 하는 내 웃음소리가 작게 들렸다. 암흑 속에서 아이마스크를 하고 있는 나의 남자친구.

우리는 어째서인지 목소리를 낮추어 한마디 한마디씩 말했다. 가끔씩 손을 더듬어 컵을 찾고, 보리차를 마셨다.

"저기 말야," 나의 목소리가 말한다.

"여름이 끝나면, 궁도를 시작하려고 해."

"오호."

"지금은 사법팔절이 몸에 완전히 배어 있을 것 같아."

"사법팔절?"

"응. 알고 싶어?"

"응. 알고 싶어."

"우선은 발자세."

"우선은 발자세."

이쪽의 목소리를 따라, 또하나의 목소리가 복창한다.

"다음은 몸가짐."

"다음은 몸가짐."

"화살 끼우기."

"화살 끼우기."

"거궁."

"거궁."

"당김."

"당김."

"조준."

"조준."

"이시."

"이시."

"마지막으로, 잔심."

"마지막으로, 잔심."

"……좋아해."

"……좋아해."

"사랑해."

"사랑해."

목소리가 끊어지자, 어둠은 더욱 깊어졌다.

나는 눈을 감은 채 화살 같은 것을 상상했다. 우리 두 사람이 우주를 향해서 날리는, 새하얀 화살 같은 것.

"저기," 나는 말했다. "뭔가, 마음이 차분해지는 얘길 해줘."

"……"

또하나의 목소리는 그 답을 찾고 있는 듯했다.

"소리굽쇠가 칭, 하고 울리고, 이윽고 들리지 않게 되었습니다."

　"오호." 나는 말했다. "조금 차분해지네."

　"……"

　다른 하나의 목소리는 또다른 답을 찾고 있는 듯했다.

　"깊은 바닷속에 사는, 작은 새우를 먹었습니다."

　"오호." 나는 말했다. "조금이지만, 차분해졌어."

　우리는 잠시 입을 다물었다. 어느샌가 눈을 뜨고 있었다.

　"그럼 말야," 선글라스를 벗고, 나는 말했다.

　"이번에는 뭔가, 힘이 느껴지는 말을 해줘."

　"……"

　건너편의 목소리가, 다시 답을 찾는다.

　"……좀더 빛을."[*]

　"좋은걸."

　나는 암흑 속에서 미소지었다. 어둠속에서 눈을 부릅뜨고 저 너머를 보려 했다.

　"고뇌를 뛰어넘고, 환희에 이르라."[**]

　조용하지만 힘 있는 목소리로, 오노는 말했다.

_____

[*] 괴테의 유언.
[**] 베토벤의 말.

"굉장해. 힘이 있어."

그는 제9번 교향곡의 제4악장을 휘파람으로 불기 시작했다.

나는 고등학교 음악시간에 배웠던 그 곡의 가사를 기억하고 있었다. 그래서 일만 명의 대합창을 대신해서 작은 목소리로 노래했다.

Freude, schöner Götterfunken, Tochter aus Elysium!
(환희여, 아름다운 주의 빛, 낙원의 여인들이여!)

Wir betreten feuertrunken, Himmlische, dein Heiligtum!
(정열에 넘치는 우리는, 하늘의 저편, 그대의 성전에 들어가리라!)

Seid umschlungen, Millionen! Diesen Kuß der ganzen Welt!
(포옹하라! 만민들이니! 온 세상에 키스를 주어라!)

나는 준비해둔 양초에 불을 붙였다. 눈이 아파올 정도로 빛이 피어오르고, 천장에 진하고 거대한 나의 그림자가 비쳤다.

"연애를 뛰어넘고, 사랑에 이르라."

그는 다시 조용한 목소리로 말했다. 그것은 여름의 끝에 있는 연인들에게 아주 어울리는 말처럼 느껴졌다.

나는 가만히 촛불을 바라보았다. 온 세상을 위해서, 불꽃은 천천히 흔들린다.

"저기 말야," 나는 말했다. "오노도 노래 불러봐."

"……"

그는 잠시 동안 침묵했다.

이윽고, 작은 목소리로 노래가 들려왔다.

라랄~라, 러브♪ 라든가, 루룰~루, 사랑♪ 하는 식의 이상한 가사의 노래였다.

◇

가을이 되고 나는 궁도장에 다니게 되었다. 공영 체육관 뒤편에 궁도장이 있는데, 일주일에 몇 번은 지도자도 와주었다.

일 년 반 동안이나 손을 놓고 있었기 때문에, 우선은 활시

위를 당기는 자세를 반복했다. 나는 두어 시간 동안 화살을 사용하지 않고 활만 당겼다. 줄의 장력에 익숙해짐에 따라 예전의 감각이 안에서 되살아나는 것을 알 수 있었다. 나는 매주 화요일 그 도장에 들렀다.

2학기에는 많은 전공과목을 이수했다.

설계연습 수업에서는 방대한 양의 과제가 나왔다. 학생들은 그룹으로 나뉘어서 가공의 건축 프로젝트와 씨름한다. 수업 뒤에는 강평회를 열어, 서로의 설계를 비평했다. 과제를 하는 것은 힘들었지만 지나가는 하루하루는 바쁘면서도 충실했다.

하고 싶은 일이나 아득한 꿈을 억지로 짜내지 않아도 그저 사명을 다하며 살면 충분하다고, 그때부터 나는 생각하게 되었다. 자신의 사명이라면 언제든지 알아차릴 수 있다. 자신이 해야 할 일이라면, 실감 있게 이해할 수 있다.

지금은 그냥 가정이라도 좋다.

나의 이 손에 멋진 힘이 깃들어 있다고 가정하자.

그렇다면, 더욱 더욱 앞으로 뻗어갈 수 있다.

Ihr stürzt nieder, Millionen? Ahnest du den

Schöpfer, Welt?

　(엎드려 빌겠느냐? 세상의 만민이여, 창조주를 믿겠느냐?)

　작년 오늘, 우리는 여기서 만났다.

　그때 둘이서 올려다보았던 우에무라 팀의 모뉴먼트가 올해도 전시되어 있었다.

　"작년하고 똑같네."

　뒤로 다가온 그가 말했다.

　우연이라고 하기에는 조금 의도적이었지만, 우리는 올해도 다시 이곳에서 만났다.

　"하지만, 조금 발전한 것 같아."

　나는 모뉴먼트의 제일 위를 가리켰다. 그것은 확실히 작년보다 높게 연장되어 있었다.

　"그런가?"

　그는 눈부신 듯이 모뉴먼트를 올려다보았다. 우리는 한동안 묵묵히 그것을 바라보았다.

　"잔디밭 쪽으로 가자."

　"응."

우리는 해시계로 걸어갔다. 느티나무 아래에는 이미 사람이 앉아 있어서 바로 앞의 잔디밭에 앉았다.

그곳에서는 북적이는 축제의 풍경이 잘 보였다. 여기에 둘이 앉아 있는 건 몇 달 만일까.

"저기 말야," 그는 말했다.

"얼마 전에 어둠 속에서 전화한 적이 있었잖아?"

"응."

"어째서인지, 그때부터 계속 이런 생각이 들더라."

오노는 똑바로 앞을 바라보면서 말했다.

"상대가 기뻐하거나 행복을 느껴준다면, 그건 정말 자신에게도 무엇보다 기쁘고 행복한 일이겠다고 말야."

멀리서 어설픈 록 밴드의 연주가 들려왔다. 그것에 섞여 노점에서 손님을 부르는 소리나 사람들이 떠드는 소리가 들린다.

"그런 생각 해본 적 있어?"

"글쎄……"

나는 생각해보았다. 오노가 기뻐하거나 행복하다고 느끼고 있다면, 나는……

"응. 그건 무엇보다 기쁘고, 행복하네."

휘익, 하고 그는 휘파람을 불었다. 그 소리가 아름답게 가을의 공기에 녹아갔다.

"그렇다면 말이지, 이건 굉장해."

아주 단순하지만 내가 그때까지 생각도 하지 못했던 것을, 그는 설명해주었다. 그것은 요컨대 이런 이야기였다.

— 어느 쪽이 먼저라도 괜찮다. 예를 들어 오노가 기쁨이나 행복을 느낀다면, 그것은 나에게도 무엇보다 행복한 일이 된다. 내가 행복을 느끼는 것은 그것대로 또 오노에게도 무엇보다 행복한 일이 된다. 그것은 또 나의 행복의 원천이 된다. 그것은 또 오노의 행복이 된다. 그것은 또다시, 나의 행복이 된다 —

"……굉장하네. 그건 굉장해."

"그렇지?"

우리는 바보처럼 굉장해, 굉장해, 란 말을 주고받았다.

"생각해봤는데, 이건 최강의 스파이럴(spiral)이 아닐까?"

"그래. 분명히 그럴 거야."

그건 단순하지만, 강고하며 튼튼한 스파이럴이었다. 그런 것이 우리의 근본에 있다면 더이상 두려워할 것 따위는 아무것도 없다는 기분이 들었다. 우리는 어디까지라도 걸어갈 수 있고, 어디에서라도 돌아올 수 있다.

우리는 이 장소에서, 그 기하학적인 모뉴먼트를 바라보았다. 그것은 조용한 열기를 띠고, 최강의 스파이럴을 상징하듯이, 천공을 향해 뻗어 있었다.

◇

10월 말의 금요일이었다. 남자는 갑자기 예정에 없던 전화를 걸어왔다.

전화하는 차례가 바뀐 것은 그것이 처음이었다. 남자는 데이트 일정을 취소하더니, 지금 당장 후지 산에 가야 해, 라고 말했다.

듣자 하니 사카모토의 선배인 키도 씨라는 사람이 있는 모양이었다. 오래 전에 한 번 이야기를 들은 적 있는, 예의 소금밥을 먹는다는 사람이었다.

남자는 조금 빠른 말투로 키도 씨에 대해서 이야기했다. 키도 씨는 어디에선가 숯을 몇 바스나 가져와서 찬밖에 쌓아 놓고 있다, 라는 에피소드에서부터 설명은 시작되었다.

• 키도 씨와 오노와 사카모토는 화요일이 되면 같이 전골을 만들어 먹는다.

• 키도 씨의 방은 어두컴컴하다. 키도 씨는 고기만 먹는다. 고기는 찜해두기 없다.

• 키도 씨는 변덕스럽게 호통을 치곤 하는데, 그것이 가끔씩 가슴을 울린다.

• 밋치를 두둔하는 키도 씨는 요트에 적의를 불태우고 있다.

• 키도 씨는 약하다. 절대적으로 약하지는 않지만, 오노가 더 강하다.

"멋질 리가 없는데도, 멋지단 말이지."

"호오."

즉, 오노는 키도 씨를 좋아하는 거구나.

"지금 꼭 후지 산을 오르고 싶은 건 아니지만,"

오노는 말한다.

"하지만 그 사람이 부르면, 나는 가야만 해."

"응" 하고 나는 말했다. "잘 다녀와, 후지 산."

전화를 내려놓고 나는 생각했다. 이야기를 종합해보면, 키도 씨는 종이 한 장으로 표현되는 사람이다.

멋진 것과 구제불능의 경계에 눌러앉아 있는, 구제불능이면서 멋진 사람. 하지만 어느 한쪽으로 좁힌다면 구제불능인 사람. 분명히 키도 씨는 그런 사람이다.

키도 씨는 걸어간 적 없는 길이나 막혀 있지 않은 산이나 깎아지른 듯한 벼랑이나 절벽을, 단숨에 뛰어넘으려 하고 있다는 느낌이 들었다.

뛰어넘으라, 만난 적도 없는 당신. 나는 생각했다. 나의 남자친구가 좋아하는 키도 씨.

나의 상상 속에서 키도 씨는 수염이 텁수룩한 모습이었다. 하지만 눈동자는 맑고, 어딘가 유랑하는 무사 같은 분위기를 풍기며, 이쑤시개를 물고 있다.

어쩌면 키도 씨는 이미, 아무도 갖고 있지 않은 칼을 가지고 있는지도 모른다. 오래되었으면서도 새로운, 특별한 칼.

벨 만한 것이 있으면 좋겠는데. 나는 생각했다. 키도 씨가 도달할 수 있는 장소나 손에 넣을 수 있는 문건은 이미 어디에도 없을지 모른다. 하지만 있을지도 모른다. 그것은 언제나, 종이 한 장 차이라는 생각이 든다.

화요일.

오노가 키도 씨와 전골을 둘러싸고 앉는 화요일에, 나는 활을 손에 들었다.

한 달 조금 넘는 기초연습을 마치고, 나는 실제로 활을 쏘게 되었다.

평상심과 부동심. 사법팔절. 그 이상(理想)을 똑바로 끌어당겨 일관된 흐름으로 유지한다. 나는 등을 곧게 펴고, 숨을 크게 들이쉬고, 하체를 안정시킨다. 그것을 반복한다. 완성이 없는 반복이기에 더욱 신중함이 깃든다.

나의 남자친구는 일주일에 한 번 나와 만난다. 그리고 일주일에 한 번 키도 씨하고도 만난다. 키도 씨는 소리만 버럭버럭 지를 뿐이고, 나는 이렇게 활을 당길 뿐이었다.

키도 씨와 나는 정반대에 있는 걸까, 하는 생각이 든다. 물과 기름, 음과 양처럼. 포보스와 다이모스나, 지코와 베켄바우어처럼.

양쪽 모두에 친분이 있는 오노만이 아무도 모르는 장소까지 갈 수 있는 가능성을 지니고 있다. 단순히 콩깍지일지도 모르지만, 오노에게는 무한한 가능성이 있다. 없을지도 모르지만, 있을지도 모른다.

오노는 우리 두 사람을 대표해서 후지 산으로 향했다. 나는 두 사람을 대표해서 활을 당기려 한다.

내가 스탬프 카드를 떠올리게 된 계기는 그날 그때 떠오른 생각이었다. 그것은 분명, 나의 바보 같은 남자친구가 후지 산에 간다는 말을 꺼낸 뒤로 일주일이 지난 어느 날의 일이었다.

우리는 평소와 마찬가지로 약속을 잡고 데이트를 했다.

"오랜만이야." 오노를 발견한 나는 말했다.

"오랜만이야." 오노도 조금 웃으며 말했다.

봄에는 매일 만났었고, 그 뒤에도 일주일에 한 번은 만나왔다. 하지만 이 주 만에 만나는 것은 처음이었다. "오랜만이야"라는 건 우리 사이에서 처음 오간 말이었다.

우리는 영화를 보고, 그 뒤에 식사를 했다.

가게를 나와서 어슬렁어슬렁 산책을 했다. 운하에 도착하자 그것을 따라 걷다가, 딱 하나 있는 벤치에 앉았다. 마음이 투명해질 것만 같은 달밤이었다.

오노는 주변에 아무도 없는 것을 재빨리 확인했다.

나는 나의 남자친구의, 이런 닌자 같은 부분이 좋았다. 그렇게 생각하니 조금 웃음이 나오려 했지만, 이제부터 키스를 할 것이기 때문에 웃지 않았다.

오노가 얼굴을 가까이 가져온다. 우리는 천천히 키스를 한다.

그는 항상 아주 다정한 키스를 했다. 물가에 봄의 파도가 밀려왔다 물러가는 것처럼. 천천히, 부드럽게.

평소처럼 황금의 타이밍에, 우리는 조용히 얼굴을 뗀다. 눈을 뜨자 오노의 얼굴이 보인다. 나는 기뻐져서 후후후, 하고 웃어버렸다. 좋다.

"저기 말야."

"응?"

"들켰어."

"누구한테?"

"달님한테."

커다란 달이 우리의 사랑을 지켜보고 있었다. 오노는 달을 올려다보고, 기쁜 듯한 표정을 지었다.

다시 한번, 우리는 키스를 했다. 이번에는 짧은 걸로.

강 표면을 쓸고 지나가는 바람이 시원해서 기분이 좋았다.

봄에 사귀기 시작한 후로 여러 가지 이야기를 했다. 그리고 우리는 계속 걷고 있다. 그 무렵엔 좀더 무데뽀일 거라고 예상하고 있던 오노는 실제로는 아주 신사였다. 그런 오노를 키워준 모든 것들에 나는 감사하고 있다.

오노는 강 표면을 물끄러미 바라보았다. 달빛에 비친 그의 옆얼굴을 보고 나는 또 좋다, 하고 생각했다. 정말 좋아합니다.

첨벙, 소리가 나서 강 표면을 바라보았다. 잠시 있으려니 또 같은 소리가 났다.

"음~" 나는 말했다.

"뭘까?"

"숭어가 뛰고 있는 걸 거야, 아마도."

우리는 수면을 유심히 노려보았다. 잠시 있자 첨벙, 하고 확실히 무언가 뛰는 것이 보였다. 첨벙, 첨벙, 하고 또다시 그것이 뛰었을 때, 시력 2.0인 나의 두 눈은 확실히 그 물고기의 모습을 보았다.

"어라?" 나는 소리쳤다.

"왜? 왜 이렇게 뛰는 거지?"

"보름달이니까."

그렇게 그는 말했다.

"보름달 밤이면, 숭어가 뛰거든."

그는 아주 기쁜 표정으로 나를 보았다. 달빛 아래에서, 그는 아주 기쁜 표정으로 나를 보았다.

그때 갑자기 떠오른 것이 스탬프 카드였다.

사랑은 스탬프 카드 같은 것이라고 나는 생각한다.

키스를 하고, 좋아한다고 생각하고, 서로에 대해 알고, 다정한 기분에 감싸이고 ―

그런 일이 있을 때마다 우리는 스탬프를 찍는다. 혼자서 찍을 때도 있고, 둘이서 찍을 때도 있다. 스탬프가 다 모이면 다음 카드를 받으러 간다.

언제까지 계속될까? 비밀스런 기분으로 나는 생각한다. 이 카드는 언젠가, 그 무엇과도 바꿀 수 없는 어떤 것과 교환할 수 있다. 그런 날이 분명히 온다. 그날까지, 우리는 작은 목소리로 노래하는 것이다. 최강의 사랑노래를 부르는 것이다.

어렸을 때, '절대'라고 말하면 안 된다는 얘기를 항상 들었다.

— 절대 안 봤어. — 절대 아냐. — 절대 거기 없었어.

흐느껴 우는 나에게 할머니는 자상하게 말했다. 절대라고 말하면 안 되지…… 세상에 절대 같은 건 없거든. 절대라는 건 이 세상에는 없단다……

확실히 그렇다는 걸, 이 나이가 된 나는 알 수 있다. 하지만, 절대를 바라며 기도하고 싶어지는 마음은 분명 지금 이곳에 있다. 절대라고 믿는 마음도 확실히 있다.

그러니까 연인들은 노래하면 된다. 절대 최강인 사랑의 노래를.

누구에게도 들리지 않는 특별한 목소리로. 그 스파이럴의 보호를 받으면서.

무엇과도 바꿀 수 없는 무언가를 위해. 편안하게. 명랑한 기분으로.

불확실한 절대를 기도로 바꾸어, 우리는 끝없이 걸어가고 싶다.

◇

11월 29일.

오랜만에 B와 볼링을 쳤다.

여름방학 이후로 전혀 늘지 않은 나를 훌쩍 뛰어넘어 B는 200에 가까운 스코어를 기록했다. B는 여름 이후에도 꾸준히 연습한 듯했다.

두 게임째, 우리의 선배 스태프가 다가와서 나에게 어드바이스를 해주었다. 그는 프로를 목표로 하고 있다는 소문이 도는 굉장한 실력의 민완 볼러였다. 그의 어드바이스대로 팔의 힘을 빼자 스트라이크가 터졌다. 어쩐지 대단하다.

그 뒤에 셋이서 오코노미야키를 먹으러 갔다. 민완 볼러는 볼링핀 모양으로 오코노미야키를 만들어서 우리를 웃겨주었다. 유머감각이 뛰어난 타입은 아니지만, 싹싹하고 좋은 사람이었다.

"실은 말이지," B가 말했다.

그러자 민완 볼러는 먹는 것을 멈추고, 나를 보며 자세를 고쳤다. B와 그는 순간 조금 웃고 서로의 옆구리를 찔렀다.

"우리, 최근에 사귀기 시작했어."

오코노미야키 가장자리에 소스가 흘러 치익, 하는 소리가 났다. 나는 진심으로 놀랐다. 볼링 커플이라니, 두 손 들었다. 그러니 당연히 스코어도 오르겠지.

커플이 가장 행복해 보이는 것은 이런 식으로 자신들의 관계를 친구에게 밝힐 때인지도 모른다. 나는 어쩐지 멋쩍어져서, 축하한다느니 뭐라느니 하며 두 사람을 축복하는 말을 느릿느릿 늘어놓았다. 내가 제일 부끄러워하는 것 같았다.

"저기, 어떻게 생각해?"

민완 볼러가 화장실에 가느라 자리를 뜨자, B가 재빨리 물어왔다.

"좋아. 아주 괜찮아. 하지만 좀 놀랐어."

어떻게 되든 나는 B의 편이다. 그리고 오코노미야키는 항상 커플의 편이다.

"둘이 합쳐 스코어 400을 노리면 되겠네."

"아니." B는 웃으며 말했다. "500을 노리겠어."

자리로 돌아온 민완 볼러에게 굳은살 박인 손을 보여달라고 하면서, 우리는 까까대며 호들갑을 떨었다. 나중에 B에게도 오노를 소개해줘야지, 하고 생각했다.

전직 카나리아였던 우리는 여러 가지 성가신 일들을 껴안고서, 그래도 주위의 세계를 돌아야만 한다. 이왕이면 기분 좋게. 할 수 있다면 밝은 마음으로. 그것은 전직 카나리아였던 우리의, 단 하나의 약속이다.

우리는 그 시절만큼 무적은 아니다. 그 시절만큼 무적은 아니지만, 우리는 언제나 괜찮다. 남자는 언제나 바보고, 여자는 언제나 욕심이 많다. 남자는 넘쳐날 정도의 고민을 품고, 여자는 슬플 정도로 단 것을 좋아한다. 우리는 언제나 진지하다. 언제나 쌩쌩하다.

Seid umschlungen, Millionen! Diesen Kuß der ganzen Welt!

(포옹하라! 만민들이여! 온 세상에 키스를 주어라!)

11월 30일.

사수자리인 나는 생일을 맞았다.

스무 살이 된 기념을 겸해 오노와 술을 마시기로 했다. 우리는 가구라자카에 있는 작은 일식집을 예약했다.

"생일 축하해."

오노는 아주 평범한 축하말을 하고, 나에게 일본주를 따라주었다. 재수를 한 오노는 이미 스물한 살이다.

"고마워."

축하용 일본주는 아주 맛있었다. 나는 이제 스무 살이니까, 술의 맛도 알 수 있는 것이다.

고급스런 전채와 몇 가지 요리를 거쳐, 오리고기 전골이 나왔다. 나에게는 그해 들어 처음 먹는 전골이었지만, 오노는 이제 몇 번째인지 셀 수도 없다고 했다. 오노가 먹는 전골에 오리고기가 들어가는 일은 절대로 없다. 대신에 어육소시지가 들어가는 모양이다.

"……어육소시지?" 나는 물었다. "왜 어육소시지야?"

"꽤 맛있는 국물이 우러나거든."

"진짜로?"

"진짜야."

전골이 조금씩 끓기 시작했다.

"그나저나 전골이란 건 참 멋져." 오노는 말했다.

"전골은 최강의 조리법이야."

어쩐지 기쁜 듯이 오노는 말했다.

우리는 끓는 전골을 바라보며 술을 마셨다.

전골이 다 익자 우선 두부를 먹었다. 오리고기를 먹고, 파를 먹고, 표고버섯과 배추도 먹었다.

"오리고기, 오리고기" 하고 중얼거리면서 오노는 오리고기를 먹었다. 오노는 시종일관 오리고기만 먹었다. 우리는 술을 추가로 시키고, 또 마셨다.

"저기 말야," 나는 말했다. 조금 취한 것 같았다.

"내일이면 벌써 12월이잖아?"

"응."

"12월이 되면, 이라고 수족관에서 말했었잖아?"

"……으응."

"하지만 어쩐지, 아직 조금 무서운데, 연장해도 될까?"

"괜찮아, 물론이야."

"그러면, 석 달 뒤쯤에."

"응." 오노는 대답하고, "아니" 하고 고쳐 말했다.

"그건 정하지 않아도 괜찮아. 언젠가 말이지, 그럴 때가 분명히 올 거야."

"……응."

오노는 마지막에 남아 있던 오리고기를 먹었다. 그것은 내가 노리고 있던 고기였지만, 용서해주기로 했다. 설령 연인끼리라도 고기를 찜해두기는 없는 것이다.

기모노를 입은 급사 언니가 우동 사리를 가져왔다. 육수를 추가하고, 화력을 조절하고, 마지막으로 우동이 투입되었다. 부글부글 우동이 익는 것을 우리는 지켜보았다.

잠시 후에 국물을 충분히 흡수한 우동을 먹었을 때, 나는 최강의 조리법이라는 게 무슨 뜻인지 알 것 같았다. 확실히 전골은 최강의 조리법이었다.

"어쩌면 때가 되었는지도 모르겠어."

오노는 그렇게 입을 열었다.

"때?"

"전화하는 시간을 정하거나, 만나는 날을 정하거나 하는 것도 있지."

오노는 후루룩 소리를 내며 우동을 먹었다.

"이젠 그만두어도 괜찮을 것 같아."

"……응."

후루룩 소리를 내며 우동을 먹고, 나는 생각해보았다. 그럴지도 모른다. 확실히 그럴지도 모른다.

"그러면, 내일도 만날까?"

"응, 좋아."

어쩐지 나는 즐거워졌다. 또 스탬프 카드 생각이 났다. 오늘은 스탬프를 다섯 개 정도 찍었는지도 모른다.

　우리는 가게를 나와, 좁은 골목을 걸어갔다.

　"아마도 말이지," 오노는 말했다.

　"지금까지의 페이스에 익숙해져 있으니까, 앞으로도 방식은 크게 달라지지 않을 거라고 생각해."

　"응."

　가구라자카는 별난 거리였다. 아무도 찾아들지 못할 법한 좁은 골목에 술집이 띄엄띄엄 흩어져 있지만, 제각기 이상할 정도로 북적거리고 있다. 둘이 나란히 서면 꽉 찰 정도로 좁은 골목을 우리는 천천히 걸었다.

　"오노는 예의가 바르네."

　"예의?"

　오노는 눈에 띌 만큼 기쁜 얼굴로 이쪽을 보았다.

　"예의는 세계 삼대 미덕 중 하나야."

　"삼대 미덕?"

　"응. 키도 씨가 말했어."

　"아하."

"뭐, 키도 씨한테서 미덕에 대한 소릴 듣고 싶지는 않지만."

나는 만난 적도 없는 키도 씨에 대해서 생각했다.

분명히 키도 씨에게 스탬프를 찍어주는 사람은 없을 것이다. 그것은 조금 안타깝지만, 언젠가 키도 씨에게도 이런 기적의 밤이 찾아오면 좋겠다. 갑작스런 선물을 하느님에게서 받는 날. 실은 아주 오래 전에 받았었다는 것을, 깨닫게 되는 밤.

"저기 말야,"

"응?"

"삼대 미덕이란 거, 또 뭐가 있어?"

"모르겠어. 뭘까?"

"친절?"

"아니, 친절은 좀 다르지."

"그럼 노력?"

"아니, 노력도 조금 달라. 보상받을 수 있는 일은 아니라고 생각해."

오노는 조금 위쪽을 보고 뭔가를 생각하고 있다.

우리는 한동안 묵묵히 걸었다.

"……알았다."

오노는 짝 하고 손뼉을 치며 걸음을 멈췄다.

"세계 삼대 미덕. 두번째는 '사이좋게 지내기'가 아닐까?"

몹시 진지한 얼굴로, 오노는 말했다.

— 세계 삼대 미덕 중 하나, 사이좋게 지내기.

그 말은 아주 순순히 납득이 갔다. 어쩌면 첫번째 스탬프 카드와 교환해서, 우리는 그것을 손에 넣은 건지도 모른다.

술에 취한 탓도 있겠지만, 나는 조금 눈물이 날 듯한 기분이 들었다.

"저기 말야," 나는 말했다.

"또하나는?"

"그건, 아직 모르겠어."

나와 오노는 손을 맞잡았다.

또하나의 세계 삼대 미덕을 찾아서, 우리는 다시 계속 걸어나간다.

좁은 골목을 빠져나오자 길이 트이고, 양쪽으로 하늘이 열렸다.

오른쪽 하늘에 비스듬히 초승달이 붙어 있었다. 가느다란 활 모양의 달이 꼭 웃는 입으로 보였다. 평탄한 밤하늘이 입을 벌리고 웃는 것처럼, 달은 밤하늘에 빛나고 있다.

저기 봐, 저기, 하고 오노에게 말을 걸자, 그는 응, 하고 힘주어 대답했다. 알고 있어, 라고 말하듯이.

"확실히 웃고 있네."

"웃고 있지?"

언젠가 똑같은 대화를 나누었던 기분이 들지만, 어디서였는지는 기억해낼 수 없었다.

이 언덕을 내려가면 간다가와고, 더 나아가면 기타노마루 공원이다.

우리는 손가락을 걸고, 완만한 언덕을 내려왔다.

다섯번째 이야기

후지 산에 이르라

독신자 기숙사에서 공장까지는 차로 십 분 정도면 도착한다. 그 사이 신호등은 두 개밖에 없다.

입사하고 일 년간, 요코하마의 본사에서 실무를 겸한 연수를 받았다. 그 뒤에 후쿠시마의 공장에 배속되어, 또 일 년이 지났다.

공장에서는 이백 명 정도의 사람이 의료기기 생산을 담당하고 있다. 오십 명 정도의 기술과 직원과 이십 명 정도의 자재·물류과 직원이 그 생산을 지원한다.

요새는 계속 기술과 옆에 있는 실험실에 틀어박혀 있었다. 불량해석용 데이터를 수집하고, 짬짬이 공구설계를 한다. 현재 관계하고 있는 기종의 생산이 해외로 이관되기 때문에 그에 대한 준비작업도 있었다.

공장에는 일주일에 한 번 '노 작업 데이'라는 것이 있다. 매주 금요일 저녁이 되면 여자 목소리로 방송이 흘러나왔다.

— 오늘은 노 작업 데이입니다. 주변 정리정돈을 하고, 어서 집으로 돌아가도록 합시다.

아무리 일이 밀려 있어도, 그날만큼은 상사가 나서서 퇴근하라고 재촉했다. 잔업하란 뜻을 내비치는 상사는 조합에서 미운털이 박히게 되는 것이다.

밤늦게까지 일을 하는 게 만성적으로 습관이 되어 있었기 때문에, 노 작업 데이는 생활에 눈을 돌리는 좋은 계기가 되었다. 밥을 지어 먹거나, 청소를 하거나, DVD를 빌리거나 하는 일들을, 나는 그날에 몰아서 했다.

하지만 올해 4월부터 노 작업 데이는 술을 마시러 가는 날이 되었다. 다카하라라는 여자의 제안을 받은 것이 계기였다.

다가하라 씨는 제조3과에서 출력회싱 검사 업무를 맡고 있었다. 4월초 영업 쪽에서 피드백이 있어 검사내용을 추가하게 되어서, 나는 그 작업순서를 정리해서 3과에 설명을 하러 갔다.

미묘한 판정을 요하는 까다로운 검사였다. 몇십 장이나 되는 출력화상과 견본화상을 앞에 두고 나는 판정기준을 설명했다. 다카하라 씨는 처음에는 혼란스러워했지만, 이윽고 포인트를 이해해갔다.

"……알 것 같아요."

"체크리스트에 물결의 위치를 적어둘 테니까, 그것과 ② 번을 보면 판정할 수 있을 거야."

"예, 알았어요."

"감응판정 포인트도 설명서에 적어둘게."

"예, 부탁드려요."

출력화상과 견본화상 뭉치를 정리하고, 가지고 온 돋보기를 케이스에 넣었다.

"사카모토 선배," 그녀는 말했다.

"나중에, 술 한잔 사주세요."

다카하라 씨는 의자 바닥에 손을 짚고 다리를 흔들고 있다. 사카모토 선배……

알았어, 하고 나는 건성으로 대답했다.

"그러면, 다음에 봐요."

그녀는 웃는 얼굴로 말했다.

나도 웃는 표정을 만들고서, 그래 다음에, 하고 대충 인사를 했다. 그리고 짐을 정리하고 제조3과를 나왔다.

사카모토 선배…… 기술과로 돌아오면서 나는 반추했다. 사카모토 선배……

이전까지 여자에게서 그런 식으로 불린 적은 없었다. 다카하라 씨도 지금까지는 나를 '사카모토 씨' 정도로 부르고 있었다. 선배. 그것은 상당히 파괴력 있는 말이었다. 여자에게서 들으니 어쩐지 가슴속이 끓어오르는 느낌이었다.

그렇지만 정말로 술을 마시러 가는 일은 없겠거니 생각하고 있었다. 하지만 금요일 점심시간, 식당을 나오는데 다카하라 씨의 목소리가 나를 불러 세웠다.

"선배, 오늘밤은 어떤가요?"

그 말을 들은 나는, 아, 정말로 가는구나, 하고 생각했다.

"괜찮아."

"어디서 마실까요?"

"이 주변의 술집은 잘 모르는데."

"저는 어디라도 괜찮아요."

우리는 우선 역에서 만나기로 약속하고, 각자의 일터로

돌아갔다.

—오늘은 노 작업 데이입니다. 주변 정리정돈을 하고, 어서 집으로 돌아가도록 합시다.

나는 재빨리 주변 정리정돈을 하고 회사를 나왔다. 일단 기숙사에 들렀다가, 역으로 향했다. 약속 장소에 도착하자, 얼마 안 있어 금방, 그녀가 나타났다.

우리가 향한 곳은 역에서 가까운 패밀리레스토랑이었다. 술 마시러 가는 것과는 조금 거리가 먼 기분이 들었지만, 디너 세트를 주문하고 맥주를 두 잔 마셨다.

직장에 도는 소문 같은 것을 잠깐 이야기했던 것 같다. 두어 시간 정도는 이야기했을 것이다. 특별히 눈에 띄는 화제도 없이, 대화의 칠십 퍼센트는 그녀 혼자 재잘거렸다.

계산은 내가 하고 가게 밖으로 나가자, 그녀는 "즐거웠어요"라고 말했다.

그거 다행이네, 나는 생각했다. 하지만 그녀가 이어서 "선배, 다음주에도 마셔요"라고 말해서 깜짝 놀라버렸다. 뭐가 그렇게 즐거웠던 것일까.

그때부터 우리는 금요일이 되면 똑같은 패밀리레스토랑에서 똑같은 시간을 보내게 되었다.

나는 대개 맥주를 마시면서 그녀의 속사포 같은 수다를 들었다. 그런 식으로 마시는 맥주는 아주 맛있었다. 이런 것이 올바른 맥주이고, 내가 기숙사에서 자기 전에 마시는 것은 단순한 캔맥주였다.

"그런데 말이야," 나는 물었다.

"왜 너는 매주 나 같은 사람하고 술을 마시지?"

나는 정말로 알 수 없었던 것이다.

"에~?" 그녀는 조금 몸을 비틀었다.

"그게, 항상 얻어먹을 수 있잖아요."

그런가, 하고 나는 생각했다.

그녀는 그 지방의 상업고교를 나와 곧장 공장에 취직했다. 사회인이 된 것은 나보다 이 년 빨랐고, 나이는 나보다 두 살 아래였다.

'사카모토 선배'라는 호칭은 이윽고 '사카모토 군' 혹은 '사카놋지'로 바뀌어버렸다. 그것은 조금 유감스러운 일이었지만, 뭐, 그만큼 친해졌다는 뜻이기도 했다.

어느 때인가, 같이 술을 마시던 중 그녀에게 전화가 걸려왔다.

— 지금 친구하고 술 마시고 있어.

그녀는 수화기에 대고 그렇게 말했다. 친구. 나는 그 말을 듣고, 실은 조금 안도했다.

이성이지만 친구, 라는 감각은 나로서는 알 수 없다. 하지만 그녀가 친구라고 한다면, 그것으로 좋았다.

나에게 친구는 오노나 오가와 정도였다. 키도 씨는 친구일까? 어딘가 조금 다른 기분도 들지만, 뭐, 친구라고도 할 수 있겠지.

— 찰나를 살아라.

그 사람의 말은 지금도 이따금 머릿속을 스친다. 그 사람이 하는 말에 의미 같은 건 없지만, 그 사람의 말은 이따금 나를 고무시킨다. 그 사람은 내 안에서 하나의 개념이 되어 살아 있다.

"저기, 사카모토 군." 패밀리레스토랑에서 그녀는 말했다. "내일, 드라이브하자."

"드라이브?"

드라이브는 밥 사주고 얻어먹는 것과는 조금 다른 일이다. 그리고 어째서 그녀가 그런 말을 하는지도 알 수 없었다. 하지만 어쨌든 드라이브를 하고 싶다고 하기에, 다음날 둘이서 시라카와로 향했다.

시라카와에는 특별히 별난 것도 없어서, 그냥 갔다가 돌아온 것뿐이었다. 그런데도 그녀는 돌아올 때 "다음주도 다른 데 가자" 하고 말했다. 이해할 수 없었다.

"다른 데라니, 어디?"

"어디라도 좋아~"

그녀는 깔깔 웃으면서, 가자, 가자, 하고 말했다.

그래서 우리는 토요일에도 드라이브를 하게 되었다. 행선지는 정말로 어디라도 좋은 모양이었다.

그녀는 차 안에서 전 남자친구 얘기를 했다(패밀리레스토랑에서는 어째서인지 그 화제는 나오지 않았다). 그녀는 안전벨트를 만지작거리면서, 전 남자친구와의 추억을 이야기했다.

주의해서 듣고 있으려니 아무래도 전 남자친구에도 1과 2가 있는 듯했다. 아마 3도 있겠지, 하고 생각했다. 어쩌면 4도 있을지 모른다.

240

전 남자친구의 이야기를 하는 공장의 이 여자아이는 나 따위보다도 훨씬 어른으로 보였다. 나 같은 녀석과는 연애의 급수가 다르다.

앞으로 만나는 모든 여성에게도 전 남자친구란 것이 딸려 오는 걸까. 그렇게 생각하자, 마음속 깊은 곳이 조금 술렁거렸다.

처음으로 같이 술을 마시러 간 것이 4월인데, 지금은 벌써 7월이다.

이미 둘이서 꽤 많은 곳에 가보았고 거의 매주 술을 마시러 갔다. 나는, 아무리 그래도 이건 좀 그렇지 않을까, 하는 생각이 들기 시작했다. 하지만 그렇게까지 그렇지는 않겠지, 하는 생각도 들었다.

그녀와 마시는 맥주는 언제나 아주 맛있었다. 그것은 오노나 키도 씨와 술을 마시는 것과는 전혀 다른 차원의 일이었다. 하지만 패밀리레스토랑에서 마시는 맥주 따위로는 조금도 취하지 않았다.

그날은 평소와 조금 달리 인근 도시의 호프에 와 있었다.

'장마가 끝났으니까' 라는 이유였다. 맥주는 이미 몇 병을 마셨는지 알 수도 없었다.

"저기 말야."

다시 나는 물었다.

"왜 너는, 나하고 술을 마시거나, 드라이브를 하고 싶은 거지?"

"에~" 그녀는 풋콩 껍질을 만지작거리며 작게 대답했다.

"그게, 재미있고, 사카못치는 자상하니까."

"혹시 말인데,"

나는 안경 브리지에 손을 가져가 꾹 밀어올렸다.

"다카하라 씨는, 나를 좋아하는 거 아니야?"

"응, 좋아해."

그녀는 조금 웃으면서 나를 보았다.

"좋아한다는 건 어느 정도?"

"이 정도."

그녀는 검지와 엄지를 한껏 펼쳐 보였다.

"그긴, 친구고서 좋아힌디는 기?"

"응."

그렇습니까, 하고 나는 생각했다.

나는 자신의 손가락을 벌리고서 바라보았다. 십팔 센티미터. 아니 십오 센티미터 정도일지도 모른다. 아마 이이즈카도, 히구치도, 엔도도, 나를 십오 센티미터 정도는 좋아했겠지.

나는 맥주를 추가로 주문했다. 결국 몇 잔을 마신들 맥주 따위로는 제대로 취하지 않는다.

"하지만 그뿐만은 아니야."

한동안 시간이 흐른 뒤에, 그녀는 조금 나직한 목소리로 말했다. 혼잣말 같은 말투였다.

무슨 소리야? 하고 반사적으로 물어볼 뻔해서, 나는 입을 다물었다. 생각해보면, 나는 그녀에게 묻기만 하고 있었다.

—스스로 생각해라.

그 사람의 목소리가 귓속에 울렸다.

우리는 다시 드라이브를 했다.

그녀는 평소와 다름없이 조수석에서 마음대로 시디를 꺼내 틀고, 무슨 말인가를 재잘대고, 깔깔 웃었다. 7월의 반에쓰 자동차도로를 오가는 차는 적었다.

혼자서 생각한 결과, 역시 그것이었다. 나는 이 여자애를 좋아하고, 이 여자애도 아마 나를 좋아하는 거겠지. 어쩌면 아닐지도 모른다. 하지만 아니더라도, 나는 그녀에게 고백이든 뭐든 해야만 했다.

그러나 그렇게 마음을 확인해봐도 어째서 이 아이가 나를 좋아하는지는 알 수 없었다. 어쩐지 그것은 영원히 알 수 없을 것 같았다. 분명히 누구보다도, 그 전 남자친구 쪽이 그녀에게는 어울릴 것 같은 것이다.

이 아이는 이러다가 얼마 안 있어 내게 질려버리는 게 아닐까, 그런 생각이 나의 사고를 정지시켰다. 어쩌면 나는, 이 아이가 나에게 질리기를 바라고 기다리고 있는 것이 아닐까 하는 생각마저 들었다.

나와 함께 있을 때 그녀는 기뻐하는 것처럼 보인다. 하지만 그녀가 그러는 것은 잠깐 동안의 변덕일 뿐, 진심이 아닌 게 아닐까.

─변덕과 요행 외에, 이 세상에 또 뭐가 있겠냐?

그 사람이라면 그렇게 말했을까? 그렇게 말하며, 나에게 받치기를 날려주었을까?

◇

    7월 마지막 주의 일이었다.

    오노에게서 오랜만에 전화가 걸려왔다. 거의 일 년 만이었을 것이다.

    "어이," 오노는 기뻐하는 목소리로 말을 꺼냈다. "후지 산에 가자."

    듣기로는 키도 씨로부터 그런 지령이 내려왔다는 모양이다.

    후지 산…… 나는 저멀리에 있는 후지 산을 생각했다. 그때는 오르지 못했던 영봉, 후지. 다음에 또 오자, 하고 약속했던 후지 산. 머리를 구름 위에 내밀고 사방의 산을 굽어보는, 사 년 만의 후지 산. 그때 우리 시야의 모두를 점하고 있던 운해……

◇

    "화요일?"

    그녀는 말했다.

"회사는 쉬는 거야?"

"응."

우리는 토요일 드라이브를 하는 중이었다. 차는 나스 고원으로 향하고 있었다.

"키도 씨가 부르면, 우리는 어느 때라도 가야만 해."

"어째서?"

"그건 나에게, 무엇보다 우선도가 높은 일이거든."

"흐음~"

그녀는 앞쪽을 보면서 시트 깊숙이 몸을 기댔다. 룸미러에 비친 그녀는 후지 산? 키도 씨? 바보 같아, 하는 얼굴을 하고 있었다.

키도 씨는 나와 오노가 4학년이 되었을 때 대학을 중퇴해 버렸다. 그 사람이 제대로 된 기업에 취직할 수 있을 리 없었을 테니, 그것은 그것대로 잘한 일이라고 생각한다.

꾸준한 노력을 하는 사람이 아니니까, 지금도 뭘 하고 있을지 알 수 없다. 그 사람은 자신의 미래에 대해 근거가 희박한 낙관밖에 가지고 있지 않았다. '그런 것은 이제 끝이다'라고 말한 주제에, 그 다음 단계는 제시하지 않고 우리 앞에서 모습을 감추어버렸다.

하지만 지금 후지 산에 오른다는 것은, 키도 씨에게 그런 계기가 왔다는 뜻이다. 일단 끝이 났던 그 뒤를, 그 뒤의 무언가를, 돌파하겠다는 얘기다.

그리고 그것은 분명히 나나 오노에게도, 어떤 하나의 계기가 되어줄 것이다. 우리는 계속 키도 씨의 영향을 받아왔다. 영향을 준 것도 영향을 받은 것도, 사실은 분명 무의식의 의지일 것이다. 우연은 필연이고, 필연은 우연이다.

"어쩐지 기뻐 보이네. 사카못치."

"그래?"

"그 키도 씨란 사람은 애인보다 소중해?"

"아니." 나는 말했다. "그렇지는 않아."

나는 오노와 그의 여자친구를 떠올렸다. 키도 씨는 그 두 사람에 대해서, 경의 비슷한 것을 보이고 있었다는 기분이 든다.

"하지만 나한테 애인은 없으니까."

"흐음~"

그녀는 다시, 후지 산? 키도 씨? 바보 같아, 하는 얼굴을 했다.

차는 아카사카 댐 근처를 지났다. 조금만 더 가면 쿄로롱 촌이라는 곳이 나온다고 한다. 새 울음소리를 따서 쿄로롱 촌이라고 지었다는데, 대체 뭐 하는 마을일까……

"나 말이야." 잠시 있다가 그녀는 말했다.

"지금, 전 남자친구에게 초대를 받았어."

그녀는 안전벨트를 만지작거리면서 말했다.

"서핑 대회인지 뭔지가 있대."

"서핑?"

"응. 그래서, 보러 와주지 않겠냐고."

"잠깐만. 서핑이란 게 뭐야?"

"뭐냐니. 서핑이 서핑이지."

"바다에서 파도 타는 거?"

"그래."

"서핑?"

"응."

"……서핑."

나는 차를 서서히 멈췄다.

길가에 차를 대며, 해지드 램프를 켜고, 찬찬히 깅자한다.

왜 그래? 하는 얼굴로 그녀가 이쪽을 본다.

"서핑……"

나는 기어를 P레인지에 넣고 브레이크를 당겼다. 미니밴이 옆을 지나간다.

　"저기, 왜 그래?"

　"서핑이, 그 서핑이란 거지."

　"그래."

　"그러면, 전 남자친구는 서퍼란 얘기야?"

　"응. 그것보다, 왜 차를 세운 거야?"

　"서퍼란 말이지……"

　나는 핸들에서 손을 떼고, 한숨을 쉬었다.

　"왜? 서핑이 뭐가 어쨌는데?"

　"……미안해." 나는 말했다.

　"서핑만은 안 돼."

　그녀는 놀란 얼굴로 나를 보았다.

　"무슨 소리야, 그게?"

　"서핑만은, 용서할 수 없어."

　그녀는 잠시 입을 다물었다가 작은 목소리로 말했다.

　"……사카못치하고는 관계없는 일 같은데."

　"아니. 관계있어."

　나는 천천히 안경을 벗었다. 안경다리를 접어서, 가슴주머니에 넣는다.

그날, 우리는 맹세했다. 앞으로 우리에게 무슨 일이 있을지는 모른다. 환경이 변하면 주의주장도 변하기 마련이다. 하지만 마린스포츠만큼은 용서해서는 안 된다. 마린스포츠맨에게만큼은, 절대로 물러서서는 안 된다. 좋다 나쁘다의 문제가 아니다. 우리는 서로 치고 박고 싸우면서까지 그것을 지켰던 것이다. 그렇지, 오노? 그렇죠, 키도 씨?

시력은 0.1도 되지 않지만, 나는 굴하지 않고 그녀를 빤히 바라보았다.

"저와 사귀어주세요."

"……"

그녀는 아마, 놀란 표정을 짓고 있었을 것이다.

"좋아합니다. 사귀어주세요."

다시 한번, 나는 말했다.

"……응. 그건 좋은데,"

그녀는 말했다.

"하지만 왜? 왜 지금 말한 거야?"

"아니, 사실은 좀더 빨리 말했어야 했어."

"흐음~"

그녀는 그러고는 조금 웃었다. 세세한 부분까지는 보이지 않았지만, 정말 귀여운 웃음이다.

"나도 좋아해."

"어느 정도?"

"이 정도."

그녀는 오른손의 검지와 왼손의 검지로, 요전보다 조금 커다란 범위를 표시해주었다. 이십 센티미터. 아니 삼십 센티미터 정도일까.

"그런데 사카못치,"

그녀는 고개를 갸우뚱했다.

"지금 왜 안경을 벗은 거야?"

"응? 안 벗었는데?"

"벗었잖아."

그녀는 나를 가리키며 깔깔 웃었다.

기뻐하는 것일까? 나는 이상한 기분이 들었다. 상상도 못 해봤던 들뜬 기분이 들어 간지러웠다.

잠시 서로 웃고 난 뒤에, 나는 다시 안경을 썼다. 기어를 D레인지로 돌리고, 나스 고원을 향해 차를 몰았다.

옮긴이의 말

원래 이 작품은 이사카 고타로나 이시다 이라 같은 쟁쟁한 작가 여섯 명이 사랑을 주제로 쓴 작품을 모은 앤솔러지 단편집 『I LOVE YOU』에 실렸던 「뛰어넘어라」를 가필수정하고 앞뒤 내용을 추가해서 내놓은 작품입니다. 「뛰어넘어라」를 중심으로 새로운 단편들을 합해서 『절대, 최강의 사랑 노래』라는 한층 맛깔스러운 한 권의 책으로 완성되었습니다. 『I LOVE YOU』에서 먼저 저 단편을 접하신 분들은, 똑같지만 또다른 느낌의 글을 읽는 재미있는 경험을 하실 수도 있겠군요.

평범한 일상 속의 작은 사건과 소소한 감정들을 담백하고 재미있는 필치로 그려내는 것이 나카무라 코우란 작가의 특징이죠. 이번 작품에서도 그만의 스타일로, 지켜보는 사람의 마음을 간질간질하게 만드는 풋풋한 젊은 청춘들의 모습을 매력적으로 표현하고 있습니다. 언뜻 보기에 평범하지만 사랑스러운 주인공, 엉뚱하면서도 개성적인 등장인물들, 그리고 그들의 앞으로 나아가고자 하는 의지. 가만히 지켜보다 보면 어느덧 자신도 모르게 페이지를 계속 넘기며 이야기 속에 빨려들어가게 됩니다.

개인적으로는 이 작가의 초기 3부작, 일명 '새로운 시작 3부작' 초반에서 보이는 생기 넘치면서도 신비한 분위기가 뇌리에 강하게 남아있습니다만, 역시 연애 이야기가 되니 분위기가 은근히 달라져 있더군요. 하지만 간결한 문장에 담긴 강한 의지와 긍정적인 에너지에는 여전히 보는 사람의 마음을 따뜻하게 만드는 힘이 있습니다. 그런 점은 역자로서도 큰 보람을 느끼게 됨과 동시에, 그의 신작을 고대하게 만듭니다. 앞으로도 그의 작품들을 계속 국내에 소개할 수 있기를 바랍니다.

2008년 1월

현정수

옮긴이 **현정수**

일본문학 전문 번역가. 상명대학교 소프트웨어학과 졸업. 옮긴 책으로 「이
력서」 「여름휴가」 「빙글빙글 도는 미끄럼틀」 「NHK에 어서 오세요」 「잘린
머리 사이클」 「목 조르는 로맨티스트」 「목 매다는 하이스쿨」 「네거티브 해
피 체인 소 에지」 「전장의 걸스 라이프」 「하트비트」 등이 있으며, 잡지 「파
우스트」의 번역진으로도 활동중이다.

문학동네 세계문학
절대 최강의 사랑노래

| 초판인쇄 | 2008년 2월 18일 |
| 초판발행 | 2008년 3월 3일 |

지 은 이	나카무라 코우
옮 긴 이	현정수
펴 낸 이	강병선
책임편집	양수현 유정민
펴 낸 곳	(주)문학동네
출판등록	1993년 10월 22일 제406-2003-000045호

주 소	413-756 경기도 파주시 교하읍 문발리 파주출판도시 513-8
전자우편	editor@munhak.com
전화번호	031) 955-8888
팩 스	031) 955-8855

ISBN 978-89-546-0509-0 03830

www.munhak.com